文春文庫

魔女のいる珈琲店と
4分33秒のタイムトラベル

太田紫織

目次

魔女のいる
珈琲店と
4分33秒の
タイムトラベル

一杯目

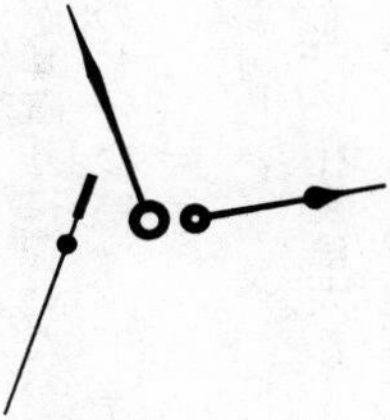

一度きりの前奏曲《プレリュード》

1

車のクラクションが耳障《みみざわ》りに響いた。

私に向けられたものじゃないラ、ド#――落ち込んでいる時、街なかで耳に入る音に音符が見える。

今日は特に雑踏が鬱陶《うっとう》しい。

物も人も多すぎるんだ。札幌は大きくて狭い街だから。

ビルもたくさん立っているし、地下鉄だって走っている。住む上で不自由は感じない。

けれど何かを――そう、何か大きな、本格的なことをするには、札幌は狭い。

とても、とても狭い。

たとえば世界で通用するピアニストを目指すには。

お父さんの海外勤務が決まった時、不自由ない暮らしが一番大切なお母さんは日本から出たくないと言い張り、三歳になったばかりの私と、まだ生まれてまもない妹を連れて、札幌から実家のある帯広に引っ越した。

大好きだったお祖母《ばあ》ちゃんの家には古いピアノがあった。

ろくに調律もしていない、音の狂ったアップライトピアノ。

それでも音が鳴るのが嬉しくて、まだちいちゃかった私は、初めて触れるそれで大好きな子供番組の曲を弾いた。

誰に習ったわけでも、練習していたわけでもないのに。

楽しげにピアノを弾く私に大人は驚いて、その週の内に私をピアノの先生のところに連れて行った。

私は神童だった。

初めて聞いた曲でも、すぐに同じように弾くことができたし、なによりちいちゃかった。年齢も、そして体も。

短い手を一生懸命伸ばして、体中でピアノを弾く私を見て、大人は大喜びした。

TV局の取材が来たり、道内のイベントに呼ばれて有名人と共演したりもした。

その頃はピアノを弾くのが楽しかったし、お母さんとお祖母ちゃんが喜ぶのが嬉しくて、沢山《たくさん》弾いた。大人に言われるままに。

だけど多くの神童がそうであるように、幼稚園、小学校と学年が上がっていくにつれて、神さまは私の元から離れていった。

きっと神さまが守ってくれるのは、ちいさい子供のうちだけなんだ。

納得しなかったのは、神さまの子供が大好きだったお母さんだ。

私が普通の子だったなんて信じたくないお母さんは、私を外国の音楽学校に通わせることにした。お父さんの赴任先ならまだしも、全く関係のないイギリスに。

まだ小学生のうちにだ。

私のピアノが上手くならない理由は場所にある。先生が悪い。帯広も、札幌も、日本ですら、私の才能を磨くには狭いとお母さんは考えたのだ。

でもお父さんの転勤に同行しなかったお母さんが、私の留学に付いてきてくれるわけがなかった。

私はろくに言葉もわからないイギリスで、一人音楽の勉強をさせられた。

結果は出なかった。やっぱり私はもう神童じゃなかった。

普通の子供が神童のフリをしていたことに、神さまは怒ったんだろうか？

そうして私は事故に遭った。

その時のことはよく覚えてない。あんまり怖くて思い出せない。

気がついたら病院のベッドの上で、命は助かったけれど、左手の指が千切れそうになっていた。

神さまと違って優しい先生が、それを綺麗に繋ぎ直してくれて、なんとか動くようになったけど、もうピアノは弾けなくなっていて、私は日本に戻るしかなかった。ちょうどその頃、頼っていた祖父母も亡くなり、お父さんとも離婚していたお母さんは札幌に戻った。

札幌は私の生まれた街だって言われても、ほとんど記憶には残ってない。

こうして私は、ピアノを弾けない指で、知らない街での生活を始めなければならなくなったのだった。

この大きくて狭い街で。

カナリアはいいな。歌えなくなっても、綺麗な姿が残るから。

私にはピアノしかなかった。

周りの大人達はみんな言った。『新天地での再出発』――こういう時は、何もかも新しい所から始める方がいいんだって。

でも私は知っている場所、知っている人達の中で再開したかった。

知らない場所にひとりぼっちで放り出される怖さを、お母さんはわかろうともしてくれない。

それも治療や引っ越しその他諸々で、一ヶ月遅れての入学になった私の怖さなんて想像もできないだろう。

私はちゃんとわかってる。イギリスでも散々思い知った。

一ヶ月が過ぎて、既にトモダチの形ができあがった場所に入っていけるほど、私は人づきあいが上手くない。

都会の学校は怖い。知らない人達と上手く話せる自信なんてない。

なのに朝は来てしまった。

ドアの向こうは、雲一つなく、無神経なほど眩《まぶ》しい青空。

暴力的なくらい鋭いお日様の光。

お母さんは、私の初登校がこんなにも晴れた日であることを喜んだけれど、私は家を出た瞬間から悲鳴を上げたくなっていた。

「陽葵《ひまり》、邪魔」

玄関で立ち尽くす私を、妹の菜乃花《なのか》がドン、と突き飛ばすようにして先に行った。

まだ小学四年生なのに、私よりずっとしっかりした菜乃花に気後れしてしまう。

――ああ、嫌だ。

じわっと涙がにじんだ。

長すぎるブラウスの袖も、重いブレザーもリュックサックも、知らない朝の匂いも、全部が嫌。

嫌、嫌、嫌。

嫌い、嫌い。

大っ嫌い。

こんな所で、何もかも上手く行く気なんてしない。

いっそまた全部投げ捨てて、道路に飛び出してしまったら……なんて考えたけれど、それができないのは、痛いのが怖いから。

そしてそれで私が死んでしまったとしても、お母さんはまた自分だけが不幸であるかのような顔をするんだろう。私がイギリスから戻って来た時みたいに。

行きたくない。

それでも行かなきゃいけない。たとえ家に残ったとしても、また私がピアノを弾けるようになるって信じ続けるお母さんの、地獄のような期待が待っているだけなんだから。

そうやってまるで息をする度に心が萎《しぼ》んでいくような気持ちのまま、のろのろ学校に向かう私の目に、恐ろしい光景が飛び込んできた。

「ほらアンタ！　スカートが短いよ！　こ汚いオッサンが喜ぶだけだから、もう少し長くしな！　ああ、そこのチビすけ！　そんな鞄の紐を長くすると、地面に引きずるよ！こら！　そこの！　スマホ見ながら歩くんじゃないよ！　ちゃんと前を見なさい、前を！」

青空の下に響く怒鳴り声。

そうやって、道行く生徒達に声をかけているのは一人のおばさん――いや、よくみたら一人のおばあちゃんだった。

通学路沿い、ツツジの生け垣で囲われたお宅の前で、おばあちゃんが通行人相手に荒ぶっている。

赤や黄色、紫色でハデハデな極彩色……アジアンとか、エスニックと呼ばれる、民族衣装みたいな服を着ているので、一瞬年齢がわからなかったけれど、多分六十歳とかそれ以上。

白髪を紫色に染め、頭にバンダナを巻いたその人は、彼女の自宅だとおぼしき家の前で仁王立ちして、箒《ほうき》を片手に誰彼構わず大きな声を浴びせていた。

私は大きな声が苦手だ。

身体が竦《すく》んでしまうし、そもそも知らない人に話しかけられるだけで戸惑ってしまう。

でも信号もないのに反対車線に移動するのも露骨すぎるし、そのおばあちゃんは、反対車線の子にだって叫んでいる。

ダメだ……どうしよう、逃げ場がない。

「…………」

仕方がない。明日から別の道を通ろう。

今日は俯《うつむ》いて、なんとかやりすごすしかない……。

私は仕方なく覚悟を決めると、自分の爪先にだけ集中して、『私に気がつかないで！』と念じながら、息を潜めておばあちゃんの前を通り過ぎようとした。

なのに。

「ちょっとアンタ」

「…………」

「アンタだよ、そのちっこい……そう、そうだよ、アンタだよ！」

ああ、なんて最低な日！

「……はい」

祈りも虚しく、おばあちゃんが私に声をかけた。

しらんぷりして逃げれば良かったのかもしれないけれど、それすら怖くて、私は渋々顔を上げた。

近くで見たおばあちゃんは、ますます『色彩』が渋滞していた。

目の周りは緑で、金色のラメラメで、唇がオレンジだ。

怖い。ものすごく。

私のお祖母ちゃんもお化粧はしていたけれど、もっと優しい色で、こんなテラテラでギラギラしてなかった。

「……お、おはよう、ございます」

何も言わないで怒られるのも怖くて、私はそのハデハデなおばあちゃんに軽く会釈《えしやく》をした。

「はい、おはようさん。なんだいその辛気くさい顔は。アンタの頭の上だけ土砂降りみたいじゃないか」

「そ、そうですか……？」

むしろ本当に土砂降りだったら良かった。

いっそ台風と竜巻がいっぺんに来て、学校が休みになって、私を家ごとマンチキンの国まで吹き飛ばしてくれたら良かったのに。

「……アンタ、見慣れない子だね？　でも制服はすぐそこの中学じゃないの。どうしたんだい？　通学路を変えたのかい？　なんか嫌なことでもあったの？」

私の心を見透《みす》かすように、おばあちゃんが怪訝《けげん》そうに聞いてきた。

テナーサックスみたいに、耳と心に気持ちの良い声だ。

「あ……あの……引っ越しとか、病院とか色々あって……今日から登校なんです……」

「病院？　どっか悪いの？」

「えっと、事故で、怪我をしちゃって」

そう言って包帯をしたままの左手を見せると、彼女はぎゅっと眉間に更に皺《しわ》を寄せる。

「治ってないの？」

「もう繋がってはいるんですけど……傷痕《きずあと》がくっきりしている間は、こうやって包帯をしておいた方が良いねって先生が」

「…………」

繋がってる、という説明だけで、どうやらおばあちゃんは私の怪我の度合いを察してくれたらしい。

彼女はこの怪我のことを知った大人の誰しもが見せる、『可哀相に』という顔をしてみせた。

もう何度も何度も見た顔。そうして後に続く言葉は大抵決まっている――『だけど、命だけでも助かったことに感謝しなきゃ』とか、『大丈夫、諦めなければ必ず良くなる。ピアノも弾けるようになるよ』だ。

そのたびに思う――感謝って誰に？　良くなる？　お医者さんは無理だって言ってるのに？

だけど、ほっとしたようにおばあちゃんが言った言葉は違った。

「じゃあ……もう痛くはないんだね」

「え……？　あ……はい。重い物を持った時とか、指の奥の方がズキンって痛い時もあるんですけど、でも普通にしている分には、もう」

「ああそうか……だったら良かった。アンタみたいな子が痛がってるなんて、もうそれだけで可哀相でしょうがない」

良かった良かった、とおばあちゃんは繰り返した。

「それなのになんでそんな葬式みたいな顔をしてるのさ？　せっかく学校に行けるんだ

ろ？」

「…………」

「行きたくないの？」

「……だって、一ヶ月遅れて学校に行っても、もう友達なんてできないですよ。それに都会の学校って怖いです。虐《いじ》められるかもしれないし……」

そう絞り出すと、おばあちゃんはまた眉間に皺を寄せた。

「札幌はそんな、都会ってほど都会じゃないと思うけどね。でも田舎ではないか」

少なくとも帯広や、イギリスの郊外よりは栄えている。

何で大人達は私が学校に行きたがっていると思うんだろう？

一ヶ月も経てばクラスの友達関係はある程度固まって、グループ分けができている。そこに飛び込むことが簡単じゃないってことくらい、考えたらわかんないのかな。みんな想像力が足りなくない？

「義務教育だから、行かなきゃいけないのはわかってるけど……せめて引っ越しがなければ良かった」

そうしたら、たとえ一ヶ月遅れて学校に行ったとしても、声をかけられる人が一人か二人はいたはずなのに。

「……そうか。でも学校の子供達は、アンタが怪我で来れなかったことは聞いてるんだろ？」

「はい……たぶん……？」

「だったら大丈夫。人間ていうのはね、見るからに弱くって、傷ついていて可哀相な人間は虐めたりできないんだよ。寛容に振る舞うことで、自分を強く見せたいから」

「…………」

「だから虐めっていうのは、可哀相というほど可哀相ではなくて、人を傷つけられないほど優しくて、反論できないほど大人しい、まわりと少しだけ違う子が狙われるんだ」

私は強くは見えないと思うけど、そんな真っ正面から『見るからに弱い』と言われてしまうほど弱そうだろうか？

「そう……ですか」

ほんの少し、いや、結構傷ついた。

「だってアンタはちょっとちっちゃいし、包帯は痛々しいよ。見るからに可哀相な子だよ。だから大丈夫。みんなきっと優しくしてくれるから、上手くそこにつけ込んでやりな」

「つけ込むって……そんなの、全然嬉しくない」

「だけどね、それだって武器になるんだよ。使える物はなんだって最大限使うのが賢いやり方ってもんだ。いっそ可哀相な子は、元気なフリをするほど哀れに見えるから、にっこり笑うだけでいいよ。そうすれば大丈夫」

「つまり……みんなに同情されたら良いってことですか？」

私があんまり不満そうに言ったせいか、おばあちゃんはバンダナとじゃらじゃらしたピアスを鳴らして、首を横に振った。

「それを入り口にしたらいいってことよ。そうすりゃアンタは服装もきちんとしてる。制服は確かにまだ大きいけれど、一年生はみんなそうだよ。それが卒業する頃にはツンツルテンになるんだ。それに姿勢がいい。髪だってツヤツヤして綺麗じゃないか——そんなアンタを、誰も嫌ったりしないよ」

「でも……」

「でもじゃない。最初はそれでいいんだよ。そうして仲良くなっていけば、あらためてアンタが良い子だってわかって、みんなアンタを好きになるから」

私の両方の肩をぎゅっと摑むと、『良い子』とは無縁そうな服装のおばあちゃんが、真剣な表情で言った。

なんだか本当に変な人だ。私のことなんて全然知らないはずなのに。

「……私、良い子じゃないですよ」

「悪い子なもんか。こんな小うるさいばあさんに声をかけられて、ちゃんと挨拶《あいさつ》をしてくれる子なんて、そう多くないんだよ」

「それは……」

「だからそんな顔しないで、ちゃんとみんなに笑っておやり。微笑《ほほえ》まれて嫌な気分になる人間なんていないんだから。心配しないでちゃんと前を向いて行きなさい。ね？」

「……はい」

本当に私は良い子なんかじゃない。

あんな風にしっかり声をかけられなかったら、他の子同様無視して逃げたはずだから。

だけど見ず知らずの私に掛けてくれた言葉が、不思議と胸にまっすぐ刺さった。

おばあちゃんの優しく低い声のせいかもしれないけれど……こんなことを言ってくれた人は初めてだった。

「それでもし本当に虐められたりしたら、あたしに言えばいい。箒持って飛び込んでやってやるよ。意地悪な子の尻を箒で片っ端から叩いてやるさ」

「そ、それは困ります。暴力は駄目です！」

なんだかこのおばあちゃんなら、本当にやりかねなくて、私は焦った。

彼女は「色々難しい世の中になったねぇ」と顔を顰《しか》めたけれど、それは昔の方が間違っていただけだと思う……。

「だけど心配しなくていい。みんな年寄り相手には乱暴にはできないんだから、誰もアンタに悪さできないように、弁慶みたいに暴れ回ってやろうね」

「いくらなんでも、警察呼ばれちゃいますよ」

そう言ってもおばあちゃんが、「ムン！」と箒を振り回して見せたので、私は思わず吹き出してしまった。

そんな私に、おばあちゃんも声を上げてハハハと豪快に笑い、私のえくぼを見てほっぺたを、ふに、と優しく摑んだ。

「そうだ、いいじゃないか。今の笑顔だ——ほら。初日から遅刻なんてしたら大変だ。もう行きな」

確かに気がついたら、随分立ち話をしてしまった。

でも、さっきまで溶けた鉄みたいに溜まって、ジリジリヒリヒリ私の心を焦がしていた良くない感情が、少しだけどこかに行ってしまった気がする。

「本当にダメだと思ったら、絶対他の方法だってあるんだから、なんでもかんでも悲観することないよ。試して無理なら逃げたっていい。本当に嫌なことなら我慢することなんてないんだ。だからまず行っておいで」

「ね？」と、おばあちゃんが私に言い聞かせた。その優しい声と眼差《まなざ》しは、死んじゃったお祖母ちゃんに少し似ている気がした。

「はい……いってきます」

「うん。いってらっしゃい」

お辞儀して歩き出す。振り返ると、おばあちゃんは私を見守るようにこっちを見ていて、また箒を軽く振り回して『はやく行きなさい』と笑顔でゼスチャーした。

普段なら、知らない人とあんなに話なんてしないし、偉そうなこと言わないで、とか、勝手に私の中に入ってこないでって、嫌な気持ちになったはずなのに。

でもあのおばあちゃんは——もしかしたら、格好の奇抜さとのギャップもあるのかもしれないけれど——嫌じゃなかった。

本当に私のことを心配してくれているのがわかったし、きっと同じ様な言葉を、私は誰かに言って欲しかったんだ。

「……うん、行こ」

そっと囁《ささや》いて、私は包帯に包まれた手を、きゅっと握るように包みこんだ。

2

初めての学校は、息をする度吐きそうになるほど緊張したけれど、おばあちゃんの言う通り、私は頑張って笑顔を作った。

悪あがきするみたいに姿勢を伸ばしたり、制服の裾を何度も直したりしながら。

上手に笑えていたかはわからないけれど、確かに仏頂面よりマシだった。

危なかった。彼女に言われていなかったら、きっと私は暗い顔か、泣きそうな顔でここに立っていたと思う。

「えー、既にみんなにも話した通り、岬《みさき》さんは小さな頃から大変ピアノが上手く、海外の学校に音楽留学をしましたが、残念なことに事故に遭い、札幌に帰って来たそうです。彼女の知る海外での生活は、皆にも学びがあるだろうし、彼女も何かとまだ不自由があるでしょう。お互いに支え合うように、仲良くして下さい」

さっぱりとしたショートボブが可愛らしい、担任の村澤《むらさわ》先生がそう説明してくれた。

私に用意された席は、前から二列目の真ん中——つまり、教室のほとんど中央だったので、席に着くとみんなの視線が集まった。

「まあ、みんな気にするなって言っても無理だろうから、今朝のHR《ホームルーム》はこれでおしまいにしましょうか」

と先生が笑うと、すぐ「ねえ！」と右横の席の女子——低い位置で、髪を二本縛りにした明るそうな子だ——が声をかけてきた。

「私、山根ね、ヤマネ、宜《よろ》しく。留学してたってすごいね、私もずっとピアノやってたんだけど、何が得意だったの？」

「え……えっと……ショパンとか、ラフマニノフとか……」

「ひえ！　すご！　次元が神！」

話し始めると、すぐに山根さんだけでなく、席の近い女子が一斉に私に声をかけてきた。

男子も目が合うと、照れくさそうに笑い返してくれたり、「イギリスってマジで飯不味《まず》いの？」とか聞いてきて、結局一限目が始まるまで盛り上がってしまった。

あんなに不安だったのに。あんなに怖かったのに。

おばあさんの言う通り、弱い私を虐めるような人はいないのかもしれない。今朝の私は一体何に怯《おび》えていたんだろう？

ただ、左側斜め後ろの席の、スポーツ刈りの男子だけはどうしても苦手だなって思った。

千歳《ちとせ》君というらしい。

小柄な私と変わらないくらいの背丈で、小学生みたいな男の子だ。

でも、思わずこっちが更にちっちゃくなってしまうほど、怖い顔で私を睨《にら》み付けてきた。

私が何かしただろうか？　単純に機嫌が悪かったのかもしれないし、ちょっと騒ぎすぎてしまったのかもしれない。

そんな千歳君以外は本当にみんな優しくて、移動教室の時に声をかけて誘ってくれたり、各教科の先生について色々説明してくれたり。お昼ご飯も山根さんが、友達と誘ってくれた。

「えー、じゃあ、その前に住んでたのは帯広なんだ？」

と、私に聞いたのは、隣のクラスの生徒だという、眼鏡をかけた及川《おいかわ》さんだった。

「うん。親が札幌に家を建ててすぐ、お父さんの転勤が決まったから。妹が赤ちゃんだったし、お母さんの実家のある帯広に行ったの。だから札幌の家で暮らした記憶はほとんどなくて」

「じゃ、生まれたのは札幌なんですね」

と言ったのは、三つ編みの可愛い谷《たに》さんで、三人は同じ小学校の同じクラスだったらしい。山・川・谷なんだって笑って教えてくれた。

「幼稚園入る前くらいまでかな？　でも全然覚えてないから迷子になりそうだし、朝も少し変わったおばあちゃんに声をかけられてびっくりしちゃった」

「通学路のですか？」

「うん。ちょっと派手な服装の」

「杉浦《すぎうら》さんね。あのおばあちゃん、ウザいよねえ」

ああ〜と、納得したように、三人は顔を見合わせて苦笑いする。

「でも昔から、ああやって通学路の子供達を見守ってるの、天気が悪い日でもね。良くも悪くも、この辺では名物おばあちゃん」

そう言った山根さんは、おばあちゃんのことをそんなに悪く思ってないようだった。

「見た目は強烈だけど、冬に沢山雪が降った朝とか、子供達が車道を歩いたり、雪をかき分けながら進まなくて済むように、歩道に道をつくってくれるんですよ」

「そうなんだ……」

小学生だったら、そういう日はスキーウェアとかで通学できるけれど、中高生はそうもいかないから、本当に助かっていると谷さんのお姉さんも言っていたらしい。

「じゃあ、本当に悪い人じゃないんだ」

「じゃないとあんなん通報案件でしょ！」

及川さんがケラケラと笑うと、二人も笑ったので私も笑った。

悪い人じゃないのはわかっていた。

だってもし今日の朝、おばあちゃん——杉浦さんに会っていなかったら、今こんな風に笑っていなかったかもしれないから。

そうして、憂鬱《ゆううつ》なはずだった時間が嘘のように過ぎて、気がつけば下校時刻だった。

放課後、休んでいた間に解いた課題のことだとか、遅れている部分を取り戻すための補習など、今後のことを簡単に話し合った後、先生は「初日で疲れたでしょう」と私をすぐに解放してくれた。

実際に気疲れしていたのもあるけど、何より私にはどうしても行きたいところがあったので助かった。


学校を出ると、空は朝の暴力的な濃い青から、優しい空色に変わっていた。

家を出た時はギラギラと突き刺してきた太陽の光も、今は随分穏やかで、思い切り深呼吸したいくらいだった。

札幌は桜の時期が早いと聞いていたけれど、遅咲きの八重桜《やえざくら》と、よい香りの花樹が校門の横で咲いている。

何の花だろう？　白やピンクや紫色で、ヒヤシンスみたいにモコモコしてる。

そんなことを考えながら、朝も通った道を歩いた。

人気のある花なのか、歩道の軒先に同じ花が沢山咲いている——朝は全然気がつかなかった。

そうこうしているうちに、杉浦のおばあちゃんの家が見えてきた。

小学生の下校時間じゃなくなっているせいか、おばあちゃんは歩道に立ってはいなかったけれど、そっと生け垣のすき間から中を覗くと、どうやらお庭の手入れをしているみたいだった。

可愛い花樹は、杉浦のおばあちゃんの家にもあった。濃いピンク色だ。

おばあちゃんは私に気がついていない。

このまま何も言わずに帰ろうかとも考えたけれど——私は勇気を振り絞った。

「この木、色々なお宅で咲いてるんですけど、なんていうお花ですか?」

おばあちゃんがはっとしたように振り向き、腰を上げながら「あら」と笑った。

「ライラックだよ。市が毎年、苗木を無料配布してるから、この時期どこのお宅の庭にも咲いてるだろう? まだ満開には少し早いけれど、蕾《つぼみ》でも十分可愛いよ。私の大好きな花の一つなんだ」

「ライラック……聞いたことがあります。これでまだ蕾なんだ」

よく見ると、モコモコのほとんどは口を閉じていて、所々で花びら四枚の小さな花が開いていた。つまりこの花、紫陽花《あじさい》みたいに小さな花の集合体なんだ!

「なんだい、朝とは違ったいい顔じゃないか」

ライラックがあんまりいい香りなので、フンフンと嗅《か》いでいると、おばあちゃんがニヤニヤして言った。

「おばあさんの言う通り、全然大丈夫でした」

「だろ？　ああ、あとおばあさんはやめて頂戴よ。他人に言われると、一気に自分が年寄りって気になる」

おばあちゃん――杉浦さんが、心底嫌そうに顔を歪《ゆが》めて首を振る。

「杉浦でいいよ、杉浦さんで。アンタは？」

「岬陽葵っていいます。向日葵《ひまわり》って意味みたい、お父さんが好きだったんです」

「そりゃ可愛い名前をもらったねえ。今植えてたのもちょうど向日葵だよ。大きいのを植えておくと、通る子供達が喜ぶからね」

杉浦さんが嬉しそうに言った。山根さん達の言う通り、本当に道行く子供のことを気にかけてくれているんだ。

そうなら、こんなハデな格好しなきゃいいのに……って一瞬思ったけれど、服装で人を判断するのは正しいことじゃないと思う。好きな服を変だって言われるのは、私だったら嫌だ。

「少しお手伝いしてもいいですか？」

自分の中の不協和音を追い出すように、私は言った。

罪滅ぼしもあったけれど、朝のお礼がしたかった。

「手伝ってくれるんなら、そりゃありがたいけど」

「死んだお祖母ちゃんのお手伝いで庭のお手入れするの、大好きだったんです」

本当は嘘だ。手を怪我したら困るって、お母さんがやらせてくれなかった。

でもお手伝いしたい気持ちや、お庭の作業を手伝ってみたかったのは本当だから。

「じゃあ遠慮なくお願いしようか」

私は制服だったので、汚れないように雑草を抜いたところに、向日葵の種を少しだけ植えたり、じょうろで水をやるだけだ。

「お日様みたいな名前だから、庭の花もみんな『ありがたい』って喜んでるよ」

たいしたことした訳じゃないのに、杉浦さんがそう言ってくれたので、私はますます嬉しくなって、額に伝ってきた汗を拭《ぬぐ》った。

泥が付かないように指先は避けたつもりだったのに、しっかりおでこが汚れてしまう。

杉浦さんが苦笑いした。

「アンタが嫌じゃなきゃ上がってくかい？　中で石鹼《せっけん》で手を洗って、ついでに暑いからなんか冷たい物でも飲んでいきな」

「あ……」

正直なことを言うと、どちらかといえば『嫌』だった。

杉浦さんは『知らない人』。

『知らない人の家』に行くのはいけないことだ。

だけどそういうのを汲んだ上で、『嫌じゃなきゃ』と聞いてくれているのもわかるし、杉浦さんのことはもう大好きになっていた。

『知らない人』がダメなのは、私が子供だからだ。

『知っている人』も、一番最初は『知らない人』だったはずだし、何より私が信じたいと思う人は自分で選びたい……。

「まあ、今日は涼しいし、外の方が良いかね」

悩む私を見て、杉浦さんは言った。

「い、いえ！　ご迷惑じゃないならおうちの方で――」

「いいよいいよ、待ってな。今タオル持ってくるから、そこの水道で洗ってなさい」

杉浦さんが、玄関横の水道を指差して、家の中に入る。申し訳ないな……と思いながらも手を洗っていると、少しして杉浦さんが、タオルとお盆に濃い褐色の飲み物――随分色が濃いし、炭酸じゃなさそうだから、多分アイスコーヒー――を用意して戻ってきた。

ベランダを開け放ってお盆を置くと、その前にアウトドア用の折りたたみ椅子を一つと、折りたたみの脚立を置いてくれた。

杉浦さんはこの一軒家に独りで住んでいるみたいだ。家族はいないんだろうか？

ベランダの奥に、お仏壇が見える。写真立てが二つ飾ってあるけれど、ここからだとよく見えない。見えるのは白と紫と黄色い菊の花だけ。

「花火大会の時とかに使ってるんだけど、うちには一脚しかないから」と言って、杉浦さんはカラカラと笑うと、私に椅子を勧め、自分は脚立に腰を下ろす。

「私、脚立でも、立つんでもいいですよ？」と言ったものの、杉浦さんは脚立の方が安定して逆に座りやすいんだと言い張って、代わってくれなかった。

縁側でお茶を——というには、少し変わっているけれど、夕陽が輝く前の白い空を眺めながら、杉浦さんとおしゃべりが始まった。

「へえ、外国で事故にね」

杉浦さんに質問されるまま、私は自分のことを話した。自己紹介のつもりが、気がつけばほとんど愚痴みたいになってしまった。

「まあ……確かに全部リセットしてやり直すのは、けっして簡単なことじゃないね」

「そうなんですよ。なのにみんな軽く言うんです。札幌の学校に通うのは、嫌だって何度も言ったのに、母はそっちの方がいいの一点張りだったんです。実際に学校に行くのはお母さんじゃなくて私なのに」

いつだってそうだ。お母さんはいつも私の行き先を勝手に決めるだけ決めて、そこから先は放り出す。

「留学だって、宇宙にひとりぼっちで放り出された気分だった」

そうやって不満を言葉にして吐き出すと、一筋だけ涙がぽろりと零《こぼ》れた。

「そうか……そうだね。いつかは一人で歩くにしたって、子供のうちは、やっぱり大人が手を繋いであげるべきだ……それが親の責任だ。中学生だってまだまだ子供のうちだ」

杉浦さんは、私を痛ましそうに見つめた後、ぽつりぽつりと呟《つぶや》きながら、丁度杉浦家の前を歩いて通った親子連れに目を向けた。

幼稚園くらいの男の子が、お母さんと楽しそうに歩いている。

お母さんは、男の子の手をしっかりと握っていた。

「………」

私と杉浦さんは、親子が通り過ぎるのを、黙って見送った。

もしお母さんが私と一緒に留学先に来てくれていたら、事故なんかに遭わなかっただろうか……。

物思いに耽《ふけ》った私を心配するように、杉浦さんは冷たい珈琲《コーヒー》を勧めてくれた。

甘くて香ばしい、キャラメルみたいな良い香り。珈琲は初めてだけど、これなら飲めそうだ……。

「にがっ」

だけど一口飲んでびっくりした。珈琲って、思ったより何倍も苦い！

「ははは、子供にはやっぱり早いかね」

子供扱いされて少し嫌になったけれど、とはいえ珈琲はものすごく苦い。これを大人が「美味しい」だなんて言って、飲んでいることが信じられない。

この苦さを我慢して、「美味しい」と嘘をつけるようになったら、立派な大人と言うんだろうか？　それとも本当に、大人になったら美味しく感じるようになるの？

「ガムシロと牛乳をいっぱい入れてごらん、ほら、飲みやすくなるから」

思わず目を白黒させる私に笑って、杉浦さんはガムシロップのポーションと、ミルクジャグを押してよこした。

そうだ、雪印のコーヒー牛乳は好きだ。私は遠慮無く、アイスコーヒーにガムシロ二つとミルクをなみなみと注ぐ。

よく混ぜて、濃い茶から優しい色に変わったのを一口。

「……珈琲って、牛乳を沢山入れても、コーヒー牛乳にはならないんですね」

「ははは！　確かにそうだ」

コーヒー牛乳は甘くてミルキーなのに、珈琲にガムシロとミルクをいくら入れても、ガムシロとミルク入りの珈琲という味がする。珈琲って揺るぎない。

「でも……すごい良い香り。珈琲ってこんないい匂いがするんですね」

お祖母ちゃんとお母さんは珈琲よりお茶が好きだから、私はあんまり珈琲に馴染みがなかった。

お祖父《じい》ちゃんはよくインスタントのを飲んでいたけれど、今日の珈琲とは全然違う香りだった気がする。

「不思議。お花みたいな香りがします」

「良い匂いだろ？　『タセット夕暮れ堂』っていう、時々行くいい店の珈琲でね、あんたも今度行ってごらん。モエレ沼公園の近くで、夕暮れ時はガラスの美術館に落ちる夕陽が綺麗なんだよ」

「タセット……モエレ沼公園？」

「そ。『さとらんど』とかの近くにある……知らないかい？」

　タセット——Tacetは音楽用語だからわかるけれど、モエレとか、さとらんどとか、聞いたことのない名前に戸惑う。

「札幌に来たばかりなので……」

「そうかそうか。じゃあ知らないか。自然の多い大きな公園だよ。親子連れだけじゃなく、カップルがデートをしたり、アイドルがコンサートの合間にお忍びで来たりね」

「ふうん」

「珈琲が美味しすぎるせいか知らないけど、店主は『魔女』って呼ばれてるんだ。自転車なら行けるだろうけど、距離があるし。今度連れてってあげようか」

「はい、是非！」

『魔女』というのが少し引っかかったけれど、話を聞いたらすごく興味が湧いた。夕暮れ時のガラスの美術館だなんて、言葉の響きだけで綺麗だから。

「でも本当に良かった。いい顔だ。朝とは大違い」

杉浦さんが、そんな私を見てにこにこした。

「朝は本当に不安で、学校に行くのが怖かったんです。だから杉浦さんのお陰です」

「お陰だなんて……大丈夫だったらそれでいいんだ。ああやって背中を押してはみたものの、もしアンタが可哀相な目に遭ってたらどうしよう、私のせいで苦しんだりしてるんじゃないかって、ずっと心配だったんだよ」

ほっとしたような杉浦さんを見て、私は「そんな！」と慌てて首を横に振る。

「もしそうだったとしても、杉浦さんのせいなんかじゃないです。それは私とか、私の周りの問題です」

「そうかもしれないけれどね、でも……誰かの歌で、人生は『糸』だって言ってたのを思い出すんだよ。いろんな糸が絡まって、その人の人生が編まれていく。良かれと思って引っ張った糸が、取り返しのつかない方向に絡んでいくこともあるだろう」

そこまで言うと、杉浦さんは「でも」と言って、朝みたいにまた私の頰を優しく摘《つ》まんだ。

「それでも朝のアンタの顔を見たら、声をかけずにいられなかったんだよ。いい方向に向いてくれて本当に良かった。良かったよ」

「杉浦さん……」

こんな髪の色をして、こんなハデハデな服を着たお年寄りは見たことがない。

大きな声にもびっくりしたし、道行く人に一方的に声をかけてるのもちょっと、いや、だいぶ怖かった。

でもこうして私を見つめる杉浦さんはとても優しくて、いい人で——そしてなんだかちょっとだけ寂しそうに見えた。

少なくとも杉浦さんの家には、彼女の他に誰かいる気配はない。

この優しすぎるくらいの優しさは、もしかしたら寂しいからなのかもしれない、とほんの少し思った——だから、同じく寂しかった私に優しくしてくれたのかもしれないと。

でも同時に、杉浦さんからはそういう『弱さ』も、笑顔で吹き飛ばしてしまいそうなパワーを感じる。

寂しそうだとか、私が勝手に想像するのが烏滸《おこ》がましいくらいに。

実際、それから小一時間、私と杉浦さんは和やかに、時々笑い声を上げながら雑談を楽しんだ。

気がつけばあっという間に夕暮れが近づいて来てしまった。お暇《いとま》を告げる時間だ。

あんなに大嫌いだと思ったお日様が、今はずっと空にいて欲しい。

でも仕方がない。そろそろ帰らなければお母さんが心配するだろうし、杉浦さんのご迷惑にもなるだろう。

「本当に今日はお世話になりました。杉浦さんのお陰で、私、これから頑張れる気がします」

「そんな大袈裟《おおげさ》だよ。それに本当にできないって思った時は、無理に頑張る必要もないんだから。とはいえ、毎日ってのは積み重ねだからね、明日一日笑顔で過ごせたらいいんだ。それが一週間、一ヶ月って続いていけば、あっという間に一年だ」

それは言うほど簡単なことじゃないはずだ。けれど、少しでも笑顔でいられるように、そんな気持ちで毎日を過ごすのは、とってもいい心がけだと思う。

「じゃあ、明日も笑顔の時間を増やしてみようって思います」

「そうだね、また明日も」

「はい。そのまた明日も」

力強く答えた私に頷《うなず》いて、杉浦さんは「気を付けて帰りなさいね」と送り出してくれた。

確かに気を付けなきゃ。ちょっと浮ついて、フワフワした気分だったから。

でもそのお陰で家に帰った後、「学校はどうだった？」「友達はできた？」なんてお母さんのしつこい質問の雨も、いつもチクチク刺さる妹の嫌味もフワリとかわし、自分の部屋に逃げ込むことができた。

大丈夫。

きっと明日も大丈夫。

それに――もしダメでも、杉浦さんは話を聞いてくれるだろう。

そうじゃなくったって、また今度遊びに行かせてもらおう。

向日葵が咲くのも楽しみだし、ナンダカ沼公園のガラスの美術館と、珈琲屋さんにも行ってみたい。

いつも『明日』のことを考えると心が萎んでいた。

でも今日は違う。

明日また、杉浦さんに挨拶するのが楽しみで仕方がない。そんな気分で私は眠りについたのだった。

3

次の日の朝も天気は晴れマークで、昨日ほどではないけれど空は青い。

TVでは気象予報士さんが、『例年はリラ冷えのこの時期ですが、今年は穏やかな天候のまま夏に向かいそうです』と言っていた。

リラはライラックのことだ。昨日家に帰ってから調べた。

元々北海道に自生していたわけではなく、昔アメリカから来たサラ・クララ・スミス先生が札幌に持ち込んだのが起源らしい。一九六〇年には札幌の木に選定され、今の時期は大通公園でも、まさにライラック祭りが行われているという。

和名は紫丁香花《むらさきはしどい》。花言葉は『思い出』と『大切な友達』。

毎年市が無料で苗木を配っており、今では沢山のご家庭の庭先を彩っている。

私はこの素敵な花のことがすっかり気に入ってしまって、今日は道すがら、甘い香りを楽しみながら登校した。

そのせいか、あっというまに学校に着いてしまった。

「あれ？　道、間違えちゃったかな」

今朝は杉浦さんに会えなかった。いつのまにか家を通り過ぎてしまったみたいだ。

でも杉浦さんのことだから、私の姿を見かけたら声をかけてくれるような気がする。

ということは、道を間違えたか……杉浦さんが歩道に立っていなかったかのどちらかだと思った。たまたま家に入っていただけかもしれないし。

杉浦さん、私を心配していないと良いな。

せめて帰りはきちんと挨拶しよう、そう考えているうちに授業が始まり、気がつけば半日が過ぎてしまった。

今日、私はそれなりに笑顔でいられたと思う。

数学はとても難しかったし、もっといえばどの教科もついていくのに必死で、ニコニコしている余裕はなかった。でも授業以外の時間に暗い顔はしていなかったはず。

そのことを杉浦さんに褒めて欲しい……という訳ではないけれど、私なりに実行してみたってことを話したかった。

別に約束をしたわけではないけれど、別れ際に交わした言葉は『また明日』だった。

私は新しい友達ができたような気持ちになっていたのかもしれない。

そうして、帰りはちゃんと確認しながら、間違いなく昨日と同じ道を選んだはずなのに。

「……え？」

気がつけば自宅の前までたどり着いてしまった。

「あら、おかえり陽葵」

丁度、宅配業者さんから荷物を受け取っていたお母さんが、私を見て声をかけた。

変だ、どうして？　絶対に道は間違っていないはずだった。

歩道で杉浦さんを見かけなかったどころか、杉浦さんのお宅自体を見つけられなかった。

「あ……わ、私、学校に忘れ物しちゃった。もう一回行ってくるね」

「え？　明日じゃダメなの？」

「明日提出のプリントだから！」

そう言って、私は制服のまま慌てて自転車に跨《また》がった。

おかしい、そんなはずない。

本当に道は間違っていない。セイコーマートのある通りまで出て、お店の横を左。そのまま大きい道路にぶつかるまで歩いて、そこをまた左折してまっすぐ。

杉浦さんのお宅は、大きい道路にぶつかるその少し手前だったはずだ。

勘違いかもしれないと思って、近くの路地や別の道を通っては、杉浦家を探した。

でも、必死に走り回ったのに、杉浦さんのお宅は綺麗さっぱり、どこにも見当たらなかった。

「どういうこと……？」

道は間違っていないはず。だけど必死に記憶を引っ張り出して、ここだ！　と思う場所を見回しても、そこにはコインパーキングがあるだけだった。

「道なんか間違えてない。間違えようなんてない。なのに駐車場……なんで？　どうして？」

自転車を降り、呆然《ぼうぜん》とコインパーキングを眺めた。

百歩譲って、このパーキングを一日で建てることはできても、家を壊してかたづけるのを一晩ですることは可能だろうか？

いや、それもありえない。引っ越しの準備をしているようには見えなかったし、そもそも壊す予定の庭に、どうして向日葵の種を植えるのだろう？

あの良い香りのライラックの木は？

ライラックの花言葉は『思い出』と『大切な友達』――ここにいた『友達』は、いったいどこに消えてしまったんだろう？

「夢……だったの？　私の妄想？」

そんなはずない。夢や妄想なんかじゃない。私は昨日、確かにここで杉浦さんに会ったのに。

「あ、岬さん、今帰り？」

その時、不意に後ろから声をかけられた。

「あ……え……ううん、ちょっと、用事が」

振り返ると、それは丁度帰宅途中の山根さん達だった。私はほっとした。

昨日、彼女達が杉浦さんの話をしてくれた。三人も知っている人なんだから、あれは幻なんかじゃない！

「あ、ね、ねえ！　ここにあったお家、知らない？」

強い期待を込めて三人にこの場所について聞いてみた。

「え？　お家はちょっと……。ここは何年も前からずっと駐車場だったと思うけど……」

山根さんが怪訝そうに答える。

「じゃあ杉浦さんは？」

「杉浦さん？」

彼女達が不思議そうに顔を見合わせた。

「そんな……」

そんなはずない。そんなはずないよ。昨日杉浦さんのことを話してくれたのは山根さん達なのに。

「なんで……？」

嘘でしょう？　冗談だって言ってよ。私を騙《だま》してるんでしょう？　――と、言葉が喉元まで出かかったけれど、三人が意地悪してるわけじゃないことは、私にもわかっていた。

やっぱり変だ。一晩で家が駐車場に変わっちゃうはずないいんだから。

「……大丈夫？」

真っ青な顔で立ちすくんでいるであろう私を心配して、谷さんが聞いてきた。

大丈夫なわけない。

だけど幻と現実がごっちゃになっているかもしれないなんて、言えるわけがない。

昨日のことが幻だなんて、私には到底思えない。あんなに嬉しかったのに、全部私の妄想だったなんて、こんな怖いことない。

不思議で優しいおばあちゃんに親切にしてもらって、ここで珈琲を戴いて、それで――。

「あ……そうだ、珈琲のお店！」

「珈琲？」

「タセット……ええと、近くになんだか沼っていう大きな公園はある？　モエル？　モエロ？　あとなんだからんど？　とか」

「モエレのことですか？　さとらんどのそばの？　でもここから近くってほど近くは……」

それなりに遠いよね、と三人がまた顔を見合わせた。

「んー。歩いて行くには大変だと思うけど、自転車だったらここから三十分ちょっとだと思う」

どうやら学校にこっそりスマホを持ち込んでいるらしい及川さんが、鞄から取り出して、わざわざ地図を見せてくれた。

そうわかりにくい道順じゃなさそうだし、確かに自転車なら行けない距離じゃない。

少なくとも、その『モエレ沼公園』は確かに存在してる。私の知らなかった場所だ。だからきっと……昨日のことは妄想なんかじゃない。

「ありがとう！」三人にお礼を言う。

そんな私を見て、「行くの？　大丈夫？　一緒に行こうか？」と、心配そうに聞いてくれた山根さんに首を振る。

「ううん。一人で大丈夫だと思う」

これ以上、杉浦さんのことを話しても、私がどうかしちゃったんだって、更に心配されるだけな気がする。

幻なんかじゃない。そう信じたい。

昨日、ここで私は絶対に杉浦さんと会ったんだ。

か細い糸を信じて辿《たど》るように、縋《すが》るように、私は自転車で走りだした。

市の中心部から背を向けるようにして三角点通に入ったら、あとはひたすらまっすぐ。

お店の並ぶ活気のある通りから住宅街に入り、そして更に川を越えた途端、一気に視界が殺風景に変化した。

牧草地帯や、工事会社みたいな背の低い建物がぽつぽつと立っている——そこに、公園やカフェの気配はない。

道を間違ったのかと心配になったけれど、モエレ沼公園を指し示す看板があるから、合っているはず。

だけど……。

「………」

勢いでこんな所まで来てしまった。もうすっかり疲れ果てた私は、もっと時間がある時に来たら良かったかも……と後悔しはじめていた。

でも今更仕方がない。そうわかっていても、焦りが、寂しさ、悔しさ、不安、混乱が押し寄せてくる——昨日笑顔でいると約束したばかりなのに。

希望と不安が交互に入れ替わる中、それでも私は必死にペダルを漕いだ。

やがて飲食店や民家などが姿を現し、更には『モエレ沼公園』の看板が目立つ、公園に繋がる大きなゲート、そして。

「あ……」

思わず身震いしてしまった。

その店は木々の間から、唐突に目の前に現れた。

「あった……本当にあった……『タセット夕暮れ堂』」

思わず口をついて出た言葉に、私自身も半信半疑だったことを改めて思い知った。妄想だとは思いたくない自分と、諦めて受け入れようとしている自分がせめぎ合っていたんだ。

夕暮れ堂という名前の通り、夕焼けみたいなオレンジ色の煉瓦《れんが》造りの店だった。可愛い三角屋根と大きな窓を覆《おお》うフードは、少しだけくすんだ赤色。煉瓦を伝う枯れた蔦《つた》をかき分けるようにして、鮮やかな緑が芽吹いている。

車が三台くらい駐められそうな駐車場の奥は、綺麗なお庭になっているみたいで、白とピンク色のライラックが風に揺れていた。

私はそれを見ただけで泣きたくなった。

だけどそうじゃない。私の目的はそういうことじゃないんだ――私は慎重に自転車を駐め、お店のドアに手をかけた。

黒々とした木製の、いかにも重そうなドアだった。かけられた『営業中』のプレートの下には、『営業時間……日没まで』と書いてある。

ぐっと力を入れて引くと、思ったよりもすんなり開いて、カロンカロンと少し鈍《にぶ》い音のドアベルが勢いよく鳴った。

「いらっしゃい」

カウンターの中からそう言って、笑顔で私を迎えてくれたのは、すらっと背の高い、綺麗な女の人だった。この人が杉浦さんの言っていた魔女の店長さん……？

焦げ茶色をしたサラサラの髪と同じ色の、ぱっちりした瞳と控えめなアヒル口を、なんだか面白い物でも見つけたような形に変えて、その人はまっすぐに私を見た。

「あ……」

「こちらにどうぞ」

そう言って彼女は私にカウンターの向かい合う席を指し示す。

お客……ではないつもりだったので、私は困った。

学校帰りにそのまま来てしまったから、お金を持っていない……。

「あの……実は今日、お財布を忘れてきてしまって……」

「電子マネーも使えますけど……そういうことでもないのかしら。一文無しのお客様？」

「そ……そういうことになっちゃいますけど……あの……本当は、今日はお客として来たわけじゃなくて……」

そうおずおずと切りだした私に、店長さんは軽く首を傾《かし》げて見せる。

私がカウンター席に腰を下ろすことはできない。だけどせっかくの案内を無視するのも申し訳なくて、私はカウンター席の手前に立った。

板張りの床が、歩く度にギ、と微《かす》かに音を立てた。

足音はおしゃべりなのに、私はここまで来たは良いけれど、どう話を切り出すか、全く決めてなかったことに気がついて戸惑った。

だって、一体なんて聞けばいい⁇

だけど黙って立っているのも、お店に迷惑だろうし……私は覚悟を決めるように、深呼吸をひとつ。

「あの……すごく変なことを聞くんですけど……杉浦さんはご存じですか？」

「………」

「明るいおばあちゃんで、えっと、目がチカチカするような服を着てて、それで……」

きっと山根さん達みたいに覚えてないだろうな、とか、そもそもお客さんのことを、そんな一人一人認識してはいないかもしれないなって、そう思いながらも質問すると、私の顔をじっと見ていた店長さんは、やがてこくりと頷いた。

「知ってますよ」

「え⁉」

「綺麗なタイダイ染めや、刺繍の入ったお洋服がよくお似合いでした。香りよく、酸味もしっかりしたキレのある、エチオピア系の珈琲を好まれていらっしゃいましたね」

「あ……」

店長さんは私を探るような目で見つめ、けれど私の両目から、ぼろぼろと涙が零れ出したのを見て、優しい微笑みの形に細めた。

間違いない。

店長さんが言っているのは、間違いなく、私の記憶にある『杉浦さん』だ。

幻でも、妄想でもない。確かに杉浦さんのことを、彼女は話している。

本当に、本物の記憶だ。

夢じゃなかった。

ちゃんと杉浦さんはいたんだ、私の妄想なんかじゃなかったんだ！

「おかしなことを言ってるなって……自分でもわかってるんですけど……でも杉浦さんのこと……誰も覚えてないんです。お家までなくなってて……一晩でですよ⁉ そんなはずあるわけ無いのに、でも本当に昨日お邪魔した杉浦さんの家が、今日は駐車場になってて、それで……」

溢《あふ》れだした涙と一緒に、一気にそうまくし立てると、彼女はなんてことないように「ええ」と言った。

「ええ……って？」

「ええ、わかっています」

「え？」

「そうですね……一つだけ言えることは、貴方《あなた》の知っている『杉浦さん』は、もういらっしゃらないということです」

「ど、どうして⁉　なんでそんな酷いこと言うの⁉」

思わず声を荒らげてしまうと、彼女はそっと自分の唇に人差し指を押し当てる。

そして彼女は、私にメニューを差し出してきた。

「ご馳走《ちそう》しますから、まずはお座りになりませんか？」

「あ……」

私は自分が営業妨害になっていることに気がついた。幸い他にお客さんはいないようだけれど、十分迷惑だろう。

「ご、ごめんなさい。お邪魔しました！」

慌てて店から出ようとすると、彼女に呼び止められた。

「待って！　いいえ、邪魔なんかじゃないの。大丈夫だから、とにかく座って頂戴」

「でも……」

「いいから、ね？」

言い含めるように店長さんが促《うなが》す。

「……すみません。じゃあ、必ず明日、代金を払いに来ますから」

店長さんは苦笑いで首を横に振った。呆れられているんだろうと思った。カフェに行くのに、お金を持っていこうとしなかった自分が恥ずかしい。

「私……杉浦さんの家と同じように、ここも存在しないいんじゃないかって、そんな風に思っちゃったんです……」

彼女はそんな私に微笑んで、「わかってるわ」と優しく言った。

4

床同様、よく艶《つや》のある木の板が張られた壁には、止まったままの古時計や、淡い色のドライフラワー、セピア色のポスター、そして棚にマグカップがいくつも飾られていた。

全体的になんだか少しくすんだ色だ。

まるで古い写真みたいな優しい色に囲まれていると、自分までその色に染まってしまったような不思議な気分になった。

手渡されたメニューの表紙には、『当店は静かな時間を提供しています。大きな声や携帯電話のご使用はお控え下さい』と書いてある。

タセットは音楽用語で声や音を出さない、『長い休み』の意味。

大きめな窓からは、ちょうどお日様の傾きはじめた空が見える。

ここは夕暮れの時間を、静かにゆっくり過ごす為の場所なんだ。

「何にしましょうか?」

店長さんに聞かれたけれど、メニューを見ても正直よくわからなかった。

でも何か頼まなきゃ……と悩みに悩んで、一番甘そうな『キャラメルラテ』を頼むことにする。

『ブラウンスイス牛乳の華やかでなめらかな舌触りと、自家製キャラメル、専用にブレンドした深煎り豆《ふかい》の、奥行きのある香りのハーモニーをお楽しみ下さい』という説明文を見ても、まったく味が想像できない。

だけど杉浦さんの家で飲んだ珈琲も良い香りがしたから、ミルクとキャラメルの力で、きっと飲めると思う。

オーダーすると、店長さんはカウンター内の機械に向かった。

珈琲ってそんな風に淹《い》れるんだ。物珍しさに注目してしまう私に、彼女は笑顔を返してくれたけれど、作業中はなんとなく話しかけてはいけないような雰囲気がしたから、じっと黙った。

ややあって、まるっこくて可愛らしい、赤いマグカップにたっぷり、牛乳の泡と優しい色のキャラメルソースがかかったラテが差し出された。

ふうふうと冷ましながら、一口飲む。

牛乳とキャラメルの柔らかい香りがしたかと思うと、ぱっと花のような香り、そして最後に甘さとキャラメルの香ばしさと珈琲の苦みのようなものが追いかけてきた。

後味は苦いけれど、少なくともちびちびと飲み続けていく分には甘くて、折り重なるような佳《よ》い香りがして美味しい……ような気がする。

「甘すぎない？　大丈夫？」

「だ、大丈夫です、美味しいです……」

店長さんがカウンターに肘をつくようにして身を乗り出し、聞いてきた。

「これ……昨日杉浦さんにいただいた珈琲に似てる気がします」

「ええそうね。彼女の好きなエチオピアもブレンドしてあるの」

珈琲の味はわからないけれど、初めて飲んだあの味と香りは忘れない。

昨日の縁側の時間が、香りとともに濃密に蘇《よみがえ》ってきて、私は泣きそうになった。

「あの……それで、杉浦さんのことなんですが……」

「ええ」

私は、昨日杉浦さんと初めて会って、ここの珈琲を戴いたこと、彼女のお陰で今日も学校に行くことができたことを話した。

そして今日、彼女の家があったはずの場所に、彼女の姿どころか家すら見当たらず、そこにはコインパーキングがあるだけだったということ。

彼女について教えてくれたクラスメートも、杉浦さんのことを綺麗さっぱり忘れてしまっていることを。

店長さんは静かな表情でじっと耳を傾けていたけれど、正直どこまで信じてくれているかわからない。

自分でも話しながら、段々と不安になった。

やっぱり私が現実と区別がつかないような、ひどい幻を見ていたのかもしれない。

事故の時に頭をぶつけてしまったからかもしれないし、新生活のストレスが原因なのかも。

「……変なことを言ってるって、思っていますよね……？」

私の質問に、店長さんは苦笑いを返した。

「だけど私の記憶の中では、ちゃんと杉浦さんはいたんです。このお店のことも教えてもらって……今度、一緒に行こうって……」

……いったい、どこまで現実で、何がそうじゃないんだろう。

それ以上、何を言っていいのかわからなくなってしまって、私はマグカップをのぞき込んだ。

記憶や思い出って、もっと揺るぎないものだと思っていた、良くも、悪くも。

なのに今は、まるでこのミルクの泡みたいに儚《はかな》くて、頼りない。

そもそもここでこうやって、キャラメルラテをご馳走になっていることすら、現実じゃないのかもしれない。

「昨日、苦いって笑いながら飲んだ珈琲の味も、香りも、こんなにはっきり覚えてるのに、私……夢を見てたんでしょうか」

湯気と一緒に溜息を吐き出す。

「いいえ、夢ではないわ」

そんな私の不安を吹き飛ばすように、店長さんがきっぱりと言った。

「え？」

「夢ではないの。貴方は幻を見ていたわけでもないのよ。だけど——」

そう店長さんが言いかけた時、不意にお店のドアが開き、ドアベルがカラカラと鳴った。

「いらっしゃい」

慌てて店長さんが、入って来たお客さんに声をかける。

「やあ、こんにちは」

そう言って笑ったのは、綺麗に染まった白髪が素敵なおじいさんだった。

「小林《こばやし》さんが平日にいらっしゃるのは珍しいですね」

「ああ、そうだね、いつもは土日だから」

土日に来ているっていうことは、平日は仕事をされてる人なんだろうか？　着ているスーツは立派そうで、厳しかった留学時代の先生のことを思いだした。

いつもしかめっ面だった先生とは違い、表情は柔らかいけれど、なんとなくエライ人のような、そんな雰囲気がある。どこかの社長さんだろうか？

「何にしますか？　いつものコスタリカで？」

「うん——ああ、いや、そうだな……今日はもう少し、苦いのがいい」

「じゃあグァテマラとか……それとも、いっそ酸味系じゃない方が良いでしょうか？」

「うん、そうしたいな。今日はそういう気分でね」

ちんぷんかんぷんな話をしながら、おじいさん——小林さんは、私と一席だけ離れたカウンター席に腰を下ろし、目が合った私に軽く会釈してくれた。

慌てて私も頭を下げる。

店長さんを見ると、『話はまた後で』と言うように、目配せをしてきた。仕方がないと思ったので、私は頷いた。

「コク系ですか……そうですね……では丁度今日飲み頃のマンデリンがあるんですが、いかがでしょうか？　通常よりも煎りは浅いので、苦み自体は少し抑え気味ですけど、ちょっと土の強さを感じるような、独特の香りが面白いんです」

「へえ、じゃあそれにしてもらおうかな――今日は日暮《ひぐれ》君は？」

「モカと病院です」

「そうか、彼も忙しいね」

「まあ本人が好きでやっていることですから」

会話の内容はよくわからなかったけれど、小林さんがこのお店の常連らしいというのはわかった。

二人の邪魔をしないように、私は自分の席で小さくなっていた。そんな私に気を遣うように、店長さんが声をかけてくれた。

「ええと――」

「あ、岬です。岬陽葵」

「そう。陽葵ちゃん、おかわりは？　さっきと同じでいい？　晩御飯前だし、もう少し甘さ控えめの方がいいかしら？」

　確かに帰ったら、すぐに晩御飯だろう。あんまり甘い物を飲み過ぎると、胸が一杯になってしまうかもしれない。

「でもあんまり苦いと飲めないから……」

「苦いと駄目かぁ……あ！　じゃあ、クッキーはどう？　甘いお菓子と一緒なら、少し苦くても楽しめると思うのだけれど」

　名案を思いついたというように、店長さんがニコニコ声のトーンを少し上げていった。

「……晩御飯前なのに？」

　それを聞いていた小林さんが少し考えた後、怪訝そうに問う。

「あ……そうね、そうだったわ、じゃあ駄目ね、ふふふ」

　そうだ、それで甘いお菓子を食べたら、甘いキャラメルラテを飲むのと全然変わらないし、余計晩御飯に響いてしまいそう。

　うっかりしていたと言って、店長さんは恥ずかしそうに笑った。しっかりしたお姉さんに見えていたけれど、案外そうでもないんだろうか。

「うーん……レモンはあるんだけれど、レモネードにできる程の量ではないし、オレンジジュースも切らしてしまっているのよね……」

「あの……お気遣いなく、このキャラメルの珈琲、とっても美味しかったですし……」

　困り顔の店長さんに慌ててそう言うと「じゃあ、珈琲ソーダにしてあげたらどうかな?」と小林さんが言った。

「へ?」

ソーダ???　珈琲の????

「ああ……確かに、それなら苦くはありませんね」

小林さんの提案を聞いて、また店長さんがにっこり笑った。ちょっと待って、珈琲のソーダって、なんだか……。

「そ、そういうのは、あんまり……」

美味しそうな感じがしないんだけど……。

「そう?　美味しいのよ?」

「あの……本当に、さっきのと同じで良いですから!」

そう言ったのに、店長さんと小林さんはにこにこと笑って、取り合ってくれない。

「大丈夫だから、騙されたと思って飲んでごらんよ」

「はあ……」

正直、アイスコーヒーですら美味しく飲めない私なのに、そこに炭酸が入ったらなおさら、飲める気なんてしない……。

どうして大人はいつも、私の話を聞いてくれないんだろう……。溜息をかみ殺していると、ややあって店長さんが、しゅわしゅわと泡立つ、麦茶みたいな色の飲み物が入ったグラスを私の前に置いた。

「お好みでレモンを搾《しぼ》ってどうぞ」

そう言って、別のお皿にカットしたレモンを一切れ。

「…………」

ミルクも入ってないんだ……ってガッカリしたけれど、しゅわしゅわするミルクっていうのも、それはそれでなんだかちょっと気持ち悪いような気がする……。

どっちにしろ飲みたくないなと思いながら、二人の大人の期待する眼差しに抗《あらが》えず、私は仕方なくストローに口を付けた。

嫌だけど、すっごく嫌だけど、おそるおそるソーダを吸い上げる。

「え?」

ごくんと一口飲んで驚いた。二人の笑みがますます深まった。

「ええ? これ、珈琲なんですか?」

苦みより、まず甘さが飛び込んできた。

珈琲というよりは、苦くないカラメルのような香ばしさ。その後にほんのちょっとだけ珈琲の風味。でも全体的に華やかで、フルーツみたいだ。

独特のねっとりした甘みは、杏《あんず》のドライフルーツにちょっと似ているかもしれない。

これだけでも十分美味しかったけれど、レモンを搾って入れたら、更にサッパリして、ぱっと口の中で花が咲いた。

「これ、すごく美味しい……これが珈琲なんですか?」

「ええ、そう。珈琲は珈琲でも、珈琲の豆ではなく、果実の方の」

「果実？」

「そうだよ。コーヒー豆は、珈琲の果実の種から作られるんだ。これはその果実の果肉部分で作ったシロップらしい」

店長さんと小林さんが、嬉しそうに説明してくれた。これは確かに美味しい。騙されて良かったかもしれない。

「種なんだ……『コーヒー豆』っていうから、私、珈琲ってお豆しかないんだって思ってました」

「花も綺麗ですよ。ジャスミンみたいないい香りがするんです」

そう言うと、店長さんはカウンターの中からごそごそとアルバムを取り出して、私に見せてくれた。

「え？　すごい綺麗！」

以前、珈琲農家さんを訪ねた時の写真だそうだ。白くて小さな花が、わしゃわしゃと集まって咲いていた。

「ちょっとだけライラックに似てますね」

「そうね……品種は違うのだけれど、香りも見た目も、珈琲の花はジャスミンに似ているの。ライラックの方はジャスミンと同じモクセイ科だし、ジャスミンと珈琲の木も、遡《さかのぼ》っていけばキク類になりますから、ごくごく遠縁の親戚ってところかしら」

「そうなんだ……」

写真の中には、真っ白い花が本当に美しく咲いていた。

珈琲の花が白いっていうのは、なんとなく驚きだった。別に見せてくれた珈琲の実は、パッと見はコケモモの実みたいに、ころんとしっかりした赤い実だった。でもコケモモよりもびっしりと、枝にしがみつくように沢山実っている。

そうか、やっぱり花って実になるんだ……って、当たり前のことに感心した。

「……杉浦さんも、珈琲の花、好きだって言うかな」

思わずぽつりと呟くと、店長さんが目を細めた。

「お花が大好きな人でしたから、きっと」

小林さんが来ちゃったから、もう杉浦さんの話はできないかと思ったけれど、店長さんはそう返してくれた。

「やっぱり、女性は花が好きだね」

そんな私達を見て、小林さんが珈琲を飲みながら微笑んだ。

「そうじゃない人もいると思いますけど……」

私のお母さんは花が好きじゃない。好き嫌いに性別は関係ないと思うし。花が好きな女性と同じくらい、花が好きな男性もいるんじゃないかな。

「そうですね。でも『大嫌い』という方は、少ないようにも思いますね。私は綺麗なお花を眺めると、うきうき嬉しくなりますよ」

そう店長さんは言った。「わかります」と、私も頷く。私もお花は大好きだ。

「でもお花が綺麗だって思える時って、心に余裕がある時だと思います。辛い時は、そういうものも見えなくなっちゃう」

実際、私がライラックの花の美しさに気がついたのは、杉浦さんと会った日の学校の帰りだったから。

「その時が幸せだったり、楽しかったりするからこそ、お花ってすごく綺麗に見えるんだと思います」

「幸せだからこそ、綺麗か……そうか……」

小林さんは私の話を聞いて、急に悲しそうに眉を寄せた。

「……私、何か言っちゃダメなこと、言いました？」

その表情があんまり悲しそうで、私は思わず聞いてしまった。

「そうじゃないんだ……ただ今日はね、亡くなった妻の誕生日なんだ」

彼は静かに首を横に振ると、そう呟いて、マグカップに唇を寄せた。

5

「もう彼女が逝《い》って八年になるけれどね……」と、小林さんは静かに話し始めた。

空の色が白から茜《あかね》色に変わってゆく頃に。

止まったままの古い掛け時計。

珈琲の香り。

タセットはカフェなのに珍しく、音楽を流していないことに気がついた。

ここではカップが触れるささやかな音や、人の身体がたてる音、身動《みじろ》いで軋《きし》む椅子や床の音がBGMだ。

優しい沈黙の中、小林さんが静かに息を吐いた。

小林さんの奥さんは三歳年下で、残念ながら子供には恵まれなかったけれど、小林さんの会社の事務を手伝ってくれたり、公私において彼を支えてくれた、とっても頼りになる女性だった。

「『糟糠《そうこう》の妻は堂より下さず』ではないけれど、私はいつまでも妻のことが好きだったんだ。感謝をしていたし、そのことは妻もわかってくれていたとは思う。でも――」

「でも？」

小林さんは、次の言葉を選ぶように、悩むように、そしてそれを誤魔化すように一口珈琲を飲み、少し沈黙した。

「………」

「早く聞かせて」とは言えない雰囲気の小林さんを前にして、私も珈琲ソーダを一口飲んだ。

小林さんが、不意に「苦いな」と呟いた。

「やっぱり、いつもの豆で淹れなおしますか？」

「いや。言ったろう？　今日は苦い方がいいんだ。そういう気分なんだよ……妻の誕生日が来る度に、私は最後に二人で祝った誕生日のことを思い出して、後悔に押しつぶされそうになるんだよ」

　子供や孫のように可愛がっている猫と犬は家にいるけれど、それでも夫婦二人きりの生活だ。

　毎日一緒に仕事をしていたとはいえ、奥さんが寂しくなることのないように、小林さんは時々奥さんを誘って出かけていたという。

　その日は奥さんのお誕生日だったので、札幌駅前のホテルで食事をし、美味しいイタリアンと夜景を楽しんで帰る所だった。

　二人ともお酒を飲んでいて、タクシーで帰ろうかと乗り場に向かった時、奥さんは途中で足を止めたそうだ。

　何かと思えば、そこはお花屋さんだった。

「花屋の前に立って、妻は私に花を買って欲しいと言ったんだ。『誕生日だからいいでしょう？』ってね」

　お酒を飲んで上機嫌だった奥さんは、少し赤い顔で小林さんに花をねだった。

　毎年、お互い誕生日プレゼントは用意をしない代わりに、年に一度少し贅沢《ぜいたく》な旅行に行くのが夫婦の習わしだった。それでも、ささやかなプレゼントくらい、別に渋るようなことじゃなかった、と小林さんは言った。

実際、もしそれがお菓子であったり、綺麗な服や鞄であったなら、悩むことなく買っただろう。

だけどそれが『花』だったから、小林さんは戸惑った。

「私は昔の人間だから、妻に花を買うってことがどうしても恥ずかしくてね。周りのお客はみんな若い女性ばかり、店員もだ。彼女達に見守られ、妻に花を贈るというのが、どうしても我慢ができなかったんだ」

つまらないプライドや、羞恥心《しゅうちしん》だったと、彼は言った。

だからなんだかんだ理由を付けて買わなかった。

当時はそんなこと、たいした問題じゃないと思ったのだ。

「でもその後すぐに妻の病気がわかって、次の誕生日を待たずに彼女は逝ってしまったんだ。そして気がついたんだよ。結局……私が妻に花を渡してやれたのは、彼女がお棺に眠る時だった」

他愛ない、ささやかな『花』という贈り物。

どうしてあの時あんなにも、それを頑《かたく》なに拒《こば》んでしまったのか……と、彼は喉から声を絞り出すように言った。

「私は妻が、どんな花が好きだったかも知らないんだ。どうしてあんなつまらないプライドに固執《こしつ》して、彼女を喜ばせてあげなかったのか。あの時彼女が一瞬見せた、寂しそうな顔がずっと忘れられないのに」

せめて好きな花を、墓前に供えることすらできない自分への怒りか、カップの持ち手を持つ右手が震えている。

それでも奥さんは、そういう彼の性格も受け入れて、優しく逝ったそうだ。恨《うら》むことなく、幸せだったと言って。

それは諦めだったのではないか？　本当に自分は妻を幸せにできていたのか？

奥さんの誕生日が来る度、花屋さんの前を通る度、灼《や》けつくような痛みが剝《は》がれずに、記憶と共に心に張り付くのだ。

後悔と罪悪感。

苦い珈琲よりも、苦い想い――。

「……しゃべりすぎたね、申し訳ない」

想いの丈を夕暮れ時の静寂に溢れさせ、小林さんは我に返ったようにマグカップを置いた。

珈琲がなくなってしまうと、この懺悔《ざんげ》の魔法も切れてしまうんだろうか。

小林さんは潤《うる》んだ目頭を押さえ、「ははは」と、恥ずかしさを誤魔化すように笑った。

その涙がうつったみたいに、代わりに私の頰に涙が伝った。

指の傷痕が、どきん、どきんと疼《うず》く。

甘いはずの珈琲ソーダの後味が、苦い後悔に変わった気がした。

「いやいや、申し訳ない。暗い雰囲気にするつもりじゃなかったんだ」

我慢できずに流れる、私の涙を見た小林さんが慌てて言った。

そんな私を見て、店長さんは何故だか私に微笑んだ。

「小林さん、おかわりはいかがですか？」

「ああ、そうだね。もう一杯もらおうかな」

店長さんに促《うなが》され、小林さんがメニューを手にした。けれどそれを店長さんが、そっと指先を重ねるようにして制する。

「でしたら……私に選ばせていただいて宜しいですか？」

「え？　あ、ああ……それは構わないが？」

それを聞いて彼女は、ことん、と筒状のガラス容器を私達の前に置いた。

「これは……紅茶の、ティーサーバーかい？」

そうだ、家にもある。お母さんが紅茶を淹れる時に時々使っている。

筒状のガラス瓶で、中にお湯と茶葉を入れたら、上からメッシュ状の中蓋をぐっと下に押し込んで、お茶を漉《こ》す器具だ。

「ええ。日本では紅茶用として親しまれていますが、実際は珈琲用に開発された物なんです。フレンチプレスといって、ゆっくり抽出することで、普段とは違った味わいが楽しめます」

「フレンチプレス？」

「はい。プランジャーポット、ボダムとも呼ばれます。紙のフィルターで漉さない分、油分なども抽出されるので、より濃厚な味わいが楽しめるんです」

その分、珈琲特有の雑味のようなものも抽出されてしまうので、苦手な人もいるが、逆にその複雑な味わいが好きだという人もいる……と聞いて、小林さんも興味が湧いてきたらしい。

「せっかくだし、二杯目も新しい味に挑戦してみようか」

暗くなってしまった店内の空気を吹き飛ばすように、小林さんは努めて明るい調子で言った。

店長さんは一杯分のコーヒー豆を器に入れて、私達に見せた。

「フレンチプレス用にブレンドした『4′33″ John Cage』です」

「え？」

聞き覚えのある単語に、思わず反応してしまう――ピアノにまつわることは思い出したくないのに。

「ジョン・ケージ……って現代音楽家の？」

「はい。そうです。彼の有名な作品の一つに『4′33″』があります。このブレンドは、その通り4分33秒で美味しく完成する珈琲なんです」

ジョン・ケージ――ジョン・ミルトン・ケージ・ジュニアは、アメリカの前衛的な現代音楽家で、彼は詩人であり、思想家でもあった。

そんな彼が作った『4′33″』は、本当に前衛的というか、実験的というか、思想的というか、難解というか。

その曲の楽譜に音符はない。

4分33秒間、演奏者は曲を弾かない。その演奏時間の間、人々の咳払《せきばら》いや椅子を引く音――そういった予期せず聞こえる音が、この『4′33″』という曲だった。

それはこの静かなタセット夕暮れ堂に、とても似つかわしいように感じる。

豆の香りを嗅いで、小林さんも「とてもいいね」と言った。

「私、珈琲を淹れている時間、いつも色々なことを考えるんです。勿論『美味しくなぁれ』が一番なんですけれど、でもそれ以外にも、良いこと、悪いこと、これからのこと、そして忘れられない過去のこと――そういうものを、記憶の中から引っ張り出してしまったりするんです」

「ああ……わかるよ」

小林さんが寂しげに頷いた。

「この時間は、自分の心に語りかける時間です……小林さん、少しだけ夢を見ませんか？」

「夢？」

「はい。この珈琲ができあがる間だけ。想像してみて下さい――もし、『あの時に戻れたら』と」

ざーっとコーヒー豆を機械で挽《ひ》いた後、フレンチプレスの中にコーヒーをさらさら入れながら、店長さんが言った。

「誰にでも、還《かえ》りたい時間、やり直したい行動や、言葉があります。もし、奥様の誕生日の晩に戻って、４分33秒の間だけ、やり直せるとしたら……貴方はどうしますか？」

「もう一度……？」

「ええ、そうです。時計の針を少しだけ巻き戻し、さあ――目を閉じて。夢を見ましょう。短い夢を……」

店長さんが、フレンチプレスにゆっくりお湯を注いでいく。

途端にぱっと花が咲くように、珈琲の香りがたつ。

こぽこぽ、お湯が満ちていく音がする。

静かなその音は、やがてごぼごぼと大きく、そしてゆっくりと低く、遅くなった。

まるで古いレコードをゆっくり、ゆっくり再生するみたいに。

それに合わせて、すうっと意識が遠くなっていく……。

そんな中、こと、こと、こと、と微かな音がした。

なんだろう、と薄れゆく意識の中で考えて――それが時計の音だと気がついた。

あの壁時計は止まっていたはずなのに、こと、こと、こと……と、それは不思議と私の中で響いている。

優しい珈琲の香りがする。

私の意識は珈琲の香りと、時計の音の中に沈んでいった。

6

「どうしたの？　あなた」

不思議そうな女性の声に意識を引き戻された。

目を開けた途端、私は自分の目がおかしくなったのかと思った。まるで夢を見ているかのような光景が広がっていたから。

私の目に映る全ての物は、どこか淡く発色を失い、珈琲のような色に——そう、古い写真みたいな、セピア色に染まっていた。そして何より、タセットにいたはずなのに、私が立っているのは札幌駅の駅ビル前の広いエントランスだった。

どうして？　なんで？　と、激しく混乱して、私はそこから動こうとした。

でもそんな私の肩を、誰かがぎゅっと摑んだ。

「あ……」

咄嗟《とっさ》に悲鳴を上げそうになってしまったが、それはタセットの店長さんだった。

彼女は「しー」と私に黙るよう指先を唇に当ててから、前方を指差した。

指し示す先は一軒の小さなお花屋さんで、その前にはスーツ姿のおしゃれをした小林さんと、淡い色のワンピースを着た年配の女性が佇《たたず》んでいた。

「あなた？」

女性が訝しげにまた問いかけた。

「小夜子《さよこ》、お……お前……」

小林さんもまた、私と同じように混乱しているようだった。

「どうしたの？　何かあった？」

「何かって――」

小林さんが驚いたように身動いだ。さっきまでとは違うスーツを着ていて、その外見も、お店で見た時より少し若い気がする。

「いやだ、ハトが豆鉄砲でも喰らったみたい。ふふふ、駅前だから？」

女性――小夜子さんが笑った。後から知ったけれど、札幌駅前にはハトがよく集まってくるらしい。

「いや……そうじゃないんだ……そうじゃないよ」

小林さんが額を押さえるようにして答える。何が起きているかわからない――そんな風に。それは私も同じで、隣に立つ店長さんを見上げると、彼女は私に微笑んだ。

そして何も言わないように、動いたりしないように――そう教えるように、私を優しく背中から抱きしめた。夢だと思ったのに、珈琲の香りがする。

「それより、ねえ見て、綺麗ね。百合《ゆり》が原《はら》公園で咲くのは、もうちょっと先かしら」

ぼんやりする小林さんを不思議に思う様子ながらも、小夜子さんは夫の手を引いて、お花屋さんを指差した。

大柄な小林さんとは対照的に、小柄で可愛らしい小夜子さんが、無邪気に可愛らしく笑うのが、私の目にも眩しい。

小林さんもそうなのだろうか。彼はそんな奥さんを見て、少し寂しそうな表情を見せたものの、すぐにとても幸せそうに微笑んだ。

「……それが欲しいのか？」

「え？」

「花だ……今日は、君の誕生日だ。せっかくだから、花を買おう」

「え？　いいの？」

小夜子さんが驚いたように目を丸くする。

それを見て、小林さんの笑顔が深まった。

「ああ、勿論だ……ああそうだよ、君の好きな花を、好きなだけ買おう。家中花だらけになったっていいんだ。君が嬉しいなら、何本だって買うよ」

小夜子さんは、また軽やかに笑った。

「そんな沢山じゃなくてもいいわよ……でも嬉しい。あなたから花を買ってもらうのは二回目ね」

「二回目？　そうだったかな？」

「忘れちゃったの？　一番最初にデートした時に買ってくれたでしょう？　とっても恥ずかしそうに」

くすくす笑いながら、小夜子さんが花を選びつつ言う。

小林さんはやっと思い出したという風に肩をすくめた。

「ああ……ああそうだった。でもあれは菊の花で、仏壇の花だった。君は嬉しそうに受け取ってくれたけれど、後でそのことに気がついて、慣れないことは二度とするもんじゃないって思ったよ」

「そうねぇ、でも私はあの時ね……そういう無骨で可愛いあなたと、結婚したいなって思ったのよ」

小夜子さんは一輪の花を手に取ったようだけれど、背を向けていて、私からはなんの花なのか見えない。

でも彼女が微笑んでいるのはわかった。

小林さんの目が、とても嬉しそうに輝いていたからだ。

「それは私もだよ小夜子」

小林さんが頷いて、小夜子さんの手を取った。白い花が揺れた。

「花を手に笑う君はとても素敵で、そんな君がずっと傍《そば》にいてくれたなら、私は一生幸せになれると思ったんだ……」

その時、ぽつんと私の頬に水滴が落ちた。

振り返ると、それは店長さんの涙だった。

でも彼女が何か言う前に、ぐらりと目の前が歪んだ。

また、珈琲の香りがする。

静かな時計の音がことことと、私の中で動き出す。

ああだめ、待って、まだ――小林さんが心配なのに。

「これからは、君が欲しい花を、何本でも贈るよ小夜子。だからずっと……ずっとそうやって笑っていてくれ。私の隣で」

小林さんの声が優しく響く。

うねるような時間に飲み込まれて、私はまた意識を手放した。

7

顔を上げると、そこはタセットの店内だった。

私はカウンター席で、うたた寝でもしていたんだろうか。

「どういうこと……?」

思わず呟くと、カタン、と乾いた音がした。

慌てて振り返った視線の先では、止まったままの古時計の針を、店長さんが直していた。

「誰しも人生で、どうしてもやり直したい時間があります」

店長さんは時計の硝子《ガラス》扉を閉めると、静かに言った。

「やり直し？」

「はい。小林さんは、あの瞬間だったんです。奥さんに花を贈れなかったあの一瞬――私はその、やり直しをお手伝いしただけです」

「お手伝い……」

「はい。貴方も見たでしょう？」

私はそれ以上何も言えなくなった。

確かに私は見た。

ついさっき。ここにいたはずなのに。でも気がついたら札幌駅前で、お花屋さんに立ち寄る二人の姿を見た。

珈琲色の世界。

優しい香りと音の世界で。

そうして目覚めると、一つ離れた席に小林さんの姿は無かった。

何が何だかわからない。呆然とする私の横を通り過ぎ、カウンターに戻った店長さんは、新しいマグカップに珈琲を注ぐ。

その綺麗な所作に見とれるように、私はただ彼女の手元を眺めていた。

「杉浦さんもです」

不意に店長さんが言う。

「え?」

その瞬間、どきん、と私の心臓が、爆発しそうなほど激しく脈打った。

「杉浦さんもそうでした。杉浦さんのお嬢さんは、中学生の頃、ひどい虐めに遭われていたんです」

「杉浦さんの?」

「はい。ですが……杉浦さん自身は強い人過ぎたんです。そして娘さんはそうじゃなかった。彼女は学校に行きたくないという娘さんを、それでもその背中を強く押して、毎日学校に通わせていました。彼女は休んだり逃げたりするのは負けで、娘さんの為にならないと思っていたんです。虐めには正面から立ち向かい、戦うべきだと。でも……娘さんはある日……自ら命を絶ってしまった」

「そんな……」

花の飾られていた仏壇には、写真立てが二つ置かれていた。

誰の物かはわからない。

もしかしたら、その一つは……。

「杉浦さんはずっと、そのことを悔やんでいました。無理に戦わせるぐらいなら、一緒に逃げてあげたら良かった。もっともっと、別の方法がいくらでもあったはずだって、ずっと後悔されていたんです」

そうしてその後悔が、通学路の子供達を見守る行為に繋がっていたのだろうと、私は気がついた。

毎日朝の通学路に立って、子供達に声をかける。

厳しいことも言うけれど、いつも彼女は子供達を心配して、見守っていた。

冬には歩きやすい道を作ってやり、事故のないように気を配る。

そして学校に行くのが不安そうな――そう、私のような子供に声をかけ、親身にその話を聞いていたのだ。

冷静に考えれば不思議な人だった。見知らぬ私を、あんな風に心配してくれたのは、やっぱりちょっと変だ。

それは全部、『後悔』と『罪悪感』が理由だったんだ……。

「じゃあ杉浦さんは……ずっとずっと、やり直したかったんだ」

間違った道をもう一度なぞろうとするように、毎朝子供達に声をかけ続けた。それでも取り返せない命と時間に苦しんでいたのか。

「ええ。そして貴方に会って、彼女のその想いは更に強くなったんでしょう」

「私に？」

「はい。きっと貴方に、娘さんの姿を重ねてしまったんだと思います」

「じゃ、じゃあ杉浦さんは？」

その時、カロン、カロンとドアベルが揺れ、木のドアの軋む音と共にお客さんが入って来た。

「いらっしゃい、小林さん」

店長さんが笑顔で出迎えた。

私も涙を拭いてそちらを向くと、そこには白い花束を胸に抱いた小林さんが立っていた。

「やあ、こんにちは」

「まあ、綺麗なお花ですね」

「綺麗だし、いい匂いだろう？　今日は亡くなった妻の誕生日でね」

そう言って、小林さんが見せてくれたのは、白と淡いピンク色のおおぶりな花だった。

ちょっとだけバラに似てると思ったけれど、花はもっと大きくて平たい。

「芍薬《しゃくやく》だよ。毎年彼女の大好きだった花を飾るようにしてるんだ。今日はどうしても、この白いのが見つからなくて、随分探し歩いたよ」

私の視線に気がついて軽く会釈した後、そう説明してくれた彼は「いやー、疲れた、疲れた」と言って、カウンターの一つ離れた席に着いた。

ああそうか――この花だったんだ。奥さんが欲しかったのは。

その花束は、本当に見事で綺麗で……私はそれだけでまた涙がこみ上げてきた。

「芍薬ですか。百合が原公園や、小樽《おたる》のにしん御殿が有名ですが、こうやって切り花にしても本当に華やかですね。一輪ずつにとても存在感があります」

そう店長さんが言うと、「幸せ！」って感じだろう？　と、小林さんが笑った。

「白い芍薬の花言葉はね、『幸せな結婚』なんだ」

確かにぱっと大きく開いた花びらは、ふわふわと何枚も重ねられたフリルのようで、花嫁さんのウェディングドレスみたいだ。佳い香りがするし、見る人、手にした人の心を幸せにする気がする。

彼は大切そうに、私との間に空いた席の上に花束を置くと、目を細めた。

それは十分前に同じ席で、悲しげに苦い珈琲を飲んでいた『小林さん』と、同じ人とは思えないくらい、とても優しい表情だった。

「本当に特別な花なんですね……奥様、きっと天国で喜ばれているでしょうね」

店長さんが眩しそうな表情をして言うと、彼は大きく頷いた。

「そうだといいんだが……でもね、この花を見るたびに思い出すんだ。誕生日の日、芍薬を胸に抱いて、私に嬉しそうに笑ってくれた彼女のことを。彼女と過ごした日々が、私は本当に幸せだったんだと」

私が目を潤ませているのに気がついた小林さんが、照れくさそうに笑う。

「ははは、そんな、そこまで感動してもらうような話じゃないんだけどね。そもそもこんな年寄りののろけ話なんて滑稽《こっけい》だろう」

だってこんな……こんな素敵な話があるだろうか？

自分の過去を憎んでいた小林さんが嬉しそうに笑っている。

病気が癒《い》えずに奥さんは亡くなってしまったという、一番悲しい過去までは変えられなかった。

それでも彼が、ずっと何年も胸の内に抱えていた後悔から解放されたのを知って、私は嬉しくて、嬉しくて仕方がなかった。

「本当に……本当に良かった」

「良かった？」

ぐすっと鼻を鳴らす私に、小林さんは少し戸惑った顔をした。

それを見て店長さんが慌ててフォローに入る。

「え、ええ本当に、素敵な良いお話でした」

さっき私達と話したことを、小林さんは覚えていないんだろうか？

思わず店長さんを見ると、彼女は私の考えを読み取ったように、静かに頷いて見せた。

「それじゃあ小林さん。お疲れでしたら、こちらの珈琲はいかがですか？　丁度今一杯淹れたところなんです。素敵なお話のお礼に、ご馳走させて下さい」

そう言って店長さんが、あの一杯の珈琲を小林さんに差し出した。

「それは嬉しいね……ああ、いい香りだ」

「フレンチプレスの『4'33" John Cage』です――今日は本当に、優しい時間の良い香りがします」

8

あまり遅くなりすぎるとお母さんが怒り出すので、私は小林さんと店長さんが雑談に花を咲かせているうちに、お店を後にした。

杉浦さんのことがずっと気になっていたけれど、それはいつでも聞けそうだ。それに私も調べたいことがあった。

次の日、学校に行っても山根さん達はやっぱり杉浦さんのことを覚えていなかった。あの家は駐車場のまま、杉浦さんの存在は相変わらずこの町から消えてしまっている。

「岬」

「え？」

放課後、急いで学校を出ようと、教科書を鞄に押し込んでいた私に声をかけてきたのは、他でもなく左斜め後ろの席の、あの仏頂面の千歳君だった。

「ん」

そう言って彼が手渡してくれたのは、さっき先生から配布されたお便りで、鞄に入れたつもりが、うっかり落ちてしまっていたらしい。

「あ、ありがとう……」

「うん」

そっけなく返事をし、彼は自分の席に戻ろうとして——そしてもう一度振り返った。

「お前、珈琲の匂いがする」

「え？」

どういうこと？ と思ったけれど、彼はもう私と話す気は無いみたいだ。そのまま背中を向けて、帰る準備を始めている。

「……昨夜《ゆうべ》も今朝も、ちゃんとシャワー浴びたのにな」

珈琲の香りって、そんなに染みつくように身体に残るの？

思わずフンフンと嗅いでみたけれど、自分じゃよくわからなかった。それに珈琲の匂いなら、そこまで不快じゃないかな？ と思い直した。

もしかしたら、千歳君が珈琲の匂いが嫌いなだけかもしれない。

元々苦手な人だ。あんまり気にしないことにして、私は学校を出た。

まっすぐ家には帰らなかった。

何度探しても、杉浦さんの家はもうない。

コインパーキングの前にしばらく立ち尽くした後、私は勇気を出して近くのお宅を訪ねた。杉浦家の近くで、一番古そうなお宅だ。

大きな庭には、よく手入れされた家庭菜園があって、玄関前には手で押して使うタイプの、座ることもできるお買い物カートが置かれている。

多分住んでいるのはお年寄りだと思うんだけど……。

「……よし」

私は自分を奮い立たせ、インターフォンをならした。

ややあって出てきたのは、杉浦さんよりももう少し年上に見える、腰の曲がったおばあさんだった。

私は蚊取り線香の匂いがする玄関で、以前、今のコインパーキングの所に住んでいた杉浦さんを知らないか尋ねた。

「え？　杉浦さん？」

「はい……随分前だとは思うんですけど……」

私の質問に、おばあさんはまずびっくりしたように眉を上げ、そして怪訝そうに私を上目遣いに見た。

「杉浦さん……は、知っているけれど……。あなた、お知り合い？」

「あ、はい、あの……以前お世話になって、ちょっと……ただ、お元気かどうか知りたいだけなんですけど」

「お世話って……？　貴方に？」

おばあさんは警戒心いっぱいの目で私を見てきた。それもそうだろう、突然子供が訪ねてきたかと思えば、昔住んでいたと思しき人について知りたがっているのだから。

「あ……えっと、私ではなく……その、えっと、そ、祖母です、亡くなった私のお祖母ちゃんが、前にここにお世話になった方が住んでいたって言っていて、あの、近くに越してきたので、せっかくだから挨拶してみたいなって思ったんですけど……」

慌ててそれっぽい言い訳を考えて答えてみたものの、おばあさんは半信半疑という表情だ。

「……突然お邪魔してしまってすみませんでした」

無理もない。仕方ないから別のお宅を訪ねてみることにするか。私は、諦めて去ろうとした。

けれど、そんな私を見かねてか、おばあさんは私に声をかけた。

「元気よ」

「え？」

「杉浦さんなら、今でもとっても元気にしていらっしゃるわよ。毎年年賀状を送ってくれるの。エアメールだけど」

「エアメール？」

「あら、ご存じない？　杉浦さん、ずっと前に引っ越されたのよ——タイに」

「タイ⁉」

思わず声がひっくり返ってしまった。

でも……そうか、確かに杉浦さんなら、なんとなく東南アジアが似合いそうな気がしてきた。あのタイダイ染めのお洋服も、きっとしっくりするはずだ。

「そうなんですか……なんだか杉浦さんらしいですね」

そう言ってうんうん頷くと、おばあさんは私が杉浦さんの人となりを知っているのだとわかって、少し安心したらしい。

「ふふふ、ええそうね。引っ越すと聞いた時は私も驚いたけれど、そうね、彼女らしいって思ったし、それにね、娘さんの為だったの」

「娘さんの為？」

「ええ。娘の日向子《ひなこ》ちゃんが、中学校でいじめにあってね。だから思い切って全く環境を変えて、『二人で生まれ変わったみたいにやり直すんだ』って。今では日向子ちゃんも現地で結婚して、杉浦さんは三人のお孫さんのお祖母ちゃんよ」

「そうなんですか……」

二人で、か。

――そうだね。いつかは一人で歩くにしたって、子供のうちは、やっぱり大人が手を繋いであげるべきだ……それが親の責任だ。中学生だってまだまだ子供のうちだ。

あの日の夕方に聞いた、杉浦さんの呟きが耳に残っている。

そうなんだね、杉浦さん。

今度はちゃんと、手を離さなかったんだ——。


おばあさんにお礼を言って、一度家に戻った私は、再び自転車でタセットへ向かった。

おばあさんの話では、杉浦さんは旦那さんを病気で亡くしており、その時受け取った保険金の残りと、家と土地を処分したお金で、娘さんと一緒に新しい場所に旅立った。

タイが駄目なら、他の国に行けばいい。それでも駄目なら、日本の別の場所でもいい。

大人が得意ぶって押したがる、『環境をガラッと変えて、一からやり直す』という、一方的なリセットスイッチ。

今いる場所で戦うよりも、それは確かに容易《たやす》いことかもしれない。だけど結局やり直す場所がどんな環境なのかは、実際試してみないとわからない。

今よりもっと苦しい状況になることだってあり得るんだ。

そうだとしても……杉浦さんは娘さんを、もう一人でなんて戦わせないことにしたんだ。

「そっか……」

タセットの店長さんは、私と出会ったのがきっかけで、杉浦さんは過去をやり直したのかもしれないって言っていた。

一人で戦う怖さを打ち明けた私に、彼女は娘さんを重ねていたんだろうか。

寂しいけれど、悲しくて、嬉しいような複雑な気持ち。

でもその結果、彼女が娘さんを失わないで済んだのだとしたら、私は杉浦さんに恩返しができたのかもしれない。

杉浦さんが、私を新しい場所に導いてくれたように、私も新しい道しるべになれたんだったら良かった。

本当に良かった。

「でも……じゃあ、杉浦さん、私のこと知らないんだね……」

信号待ちの間に、ぽつりと独りごちると、寂しさがぶわっと押し寄せてきた。

優しくて、頼もしくて、楽しい杉浦さん。

変わってしまった未来では、私達は出会っていない。

彼女はこのまま、私を知らないまま生きていくんだろう。

それでも私は、私だけは、このことをずっと忘れないで生きよう。

春の終わりの青い空を。

ライラックの香りを。

通学路の優しいお節介を。

信号機が青になった。

——明日一日笑顔で過ごせたらいいんだ。

私はこの世界でもう私しか知らない約束を守って、無理矢理笑った。

intermezzo

「そうですか、杉浦さん……良かったですね」

私の為の珈琲ソーダを用意しながら、店長さんがそう言って微笑んだ。

名前は田瀬《たせ》さんと言うらしい。

田瀬時花《はやり》さん。時の花ではやり、なんて素敵なお名前だ。

そして丁度買い出しに行っていて不在だという、共同経営者の人の名前は『日暮』さん。

つまり田瀬さんと日暮さんのお店だから、『タセット夕暮れ堂』なんだって。

そんな単純な理由なんだ？　って思ったけど、とってもこのお店に合っている。

「杉浦さんのその後、時花さんも知らなかったんですか？」

「ええ、私が見えるのは過去だけだから。変化した今の姿までは、また新たな接点を持てない限りわからないの」

神妙な顔で時花さんが言った。

「じゃあ、昨日の小林さんも、お店に来てくれなかったら、お花のこともわからなかったんですね」

「ええ、変わってしまった未来で、そのまま会えなくなる人も少なくはないのよ」

小林さんの場合、彼の自宅はお店の近くにあるままだったので、新しい未来でもタセットを利用しているそうだ。

半分隠居しているといっても、まだ完全に会社を退いたわけではない彼は、平日は仕事をしたりなんだりで忙しい分、土日は朝ゆっくりと寝坊をして、愛犬の散歩をしてから、タセットでブランチをするのが習慣らしい。

だけどタイで生活している杉浦さんが、タセットを利用してくれる機会は、なかなかないだろう。このまま、彼女は時花さんの珈琲の味を知らずに家族と生きていくのだと思う。

寂しいけれど、きっとそれは幸せなことだ。

あの広くて静かな家で、遺影に向かって苦い珈琲を一人で飲むよりは。

「でも……じゃあ、杉浦さんはちゃんと、過去をやり直せたんですね……」

しゅわしゅわとした琥珀《こはく》色の炭酸越しに動かない古時計を見ながら、私は呟いた。

「ええ。彼女はしっかりと、娘さんとの未来を選ばれたのね」

強いことだけが正しさじゃない。逃げる場所があるなら、無理せず逃げた方が良い時も沢山ある。

杉浦さんは今度こそ娘さんを突き放さなかった。新しい場所を、二人で選んだんだ。

『良かった』と、時花さんと声を合わせて言ったのに、その後二人とも黙ってしまった。

良かった。

だけど寂しい。

チャーミングな杉浦さんと別れてしまったこと、全く知らない関係になってしまったこと。彼女の幸せを祈るのと同じくらい強く、また彼女に会いたいと思う。

そんな切なさを分け合うように、私達はほんの少し沈黙した。

鈍い金色のポットのお湯が、しゅんしゅんと沸き始めるまで。

「……後悔している時間を、やり直せるんですか？」

自分の分の珈琲を淹れはじめたらしい時花さんに聞くと、彼女は静かに頷いた。

「はい。いつまでもヒリヒリと、心を灼き続ける、苦い記憶を一度だけ。それも時間はたったの4分33秒だけです」

ジョン・ケージの時間だけ。何故その時間なのかはわからないけれど、確かに小林さんの過去に戻った時間も、そのくらいだったと思う。

4分33秒はとても短い。

だけど、何もできない時間じゃない。

少なくとも……私にとっては十分すぎる時間だと思う。

だから私は、勇気を出して切りだした。

「時花さん。私も、やり直したいんです――事故に遭う前に」

「え？」

「私、留学中に事故で手が駄目になって、もう昔みたいにピアノが弾けなくて――なにもかも、私の大事だったものがなくなっちゃったみたいで、だから……だから、事故に遭う前に戻りたいんです！」

そこで私は、留学していたことや事故について、かいつまんで話した。

戻れるなら戻りたい。

やり直せるならやり直したい。

留学は嫌だった。

ピアノのことも、本当はもう嫌で逃げたかった。

もう怒られるのも、責められるのも、否定されるのも嫌だった。

だけどそれ以上に、指の自由とピアノを失った今が一番嫌だ。

「戻って絶対に、事故に遭わないようにしたいんです。ちゃんとまた練習するから。先生やお母さんの期待を裏切らないように、ちゃんと頑張るから――だから、私を事故に遭った時間に帰らせて下さい！」

ぎゅっと指の傷痕を握りしめるようにして、時花さんに希《こいねが》う。

だけど。

「――できません」

彼女はゆっくりと、悲しげに首を横に振った。

「どうして？　なんで⁉」

「どうしてもです」

「私がまだ子供だから⁉　でも事故のことは私、絶対一生後悔する！」

この先も生きていれば、悔いの残る出来事に遭うはずだ。でも絶対に、あの事故以上の後悔になんて、出会わないに決まってる。

「だからお願いします！　お願いだから！　何だってするから！　私にもやり直させて！」

必死にそう言って頭を下げた。

そうだ……私にできることなら、なんだってする。

「できないのよ。陽葵ちゃん。貴方は——私達はできないの」

「え……？」

「貴方は過去が変わった後も、杉浦さんのことを覚えていた。小林さんのことも。もう存在しない未来を覚えているのは、それは貴方が私と同じ、時間の流れの特異点だから。私達『時守《ときもり》』は、過去に『渡す』ことができる代わりに、自分の時間を渡ることはできないんです」

「あ……」

特異点。

時花さんは悲しげに言った。

言葉の意味はよくわからなかったけれど、でも、私と時花さんが何か普通じゃないってことはわかった。

確かに私は時花さんと過去の時間に行ったし、山根さん達は杉浦さんのことを綺麗さっぱり忘れているのに、私はちゃんと彼女のことを覚えていた。

もしかすると、時花さんが魔女と呼ばれているというのも、このことと関係しているのかもしれない。

「じゃあ……私には絶対に無理だってこと？」

時花さんが頷いた。

「……ごめんなさい」

なんて残酷で、意地悪な現実。

神さまはいっつも、一番悲しい結果ばかり私に与える。

「そんな……なんで……？」

我慢できずに泣き出した私を、時花さんは慌てて抱きしめた。

珈琲は苦い。

いつか私も、珈琲を美味しく飲める時が来るのだろうか。

もしその時が来たら、事故のことも受け入れられるのかもしれない。

でも、まだ無理だった。

私には今の時間が苦すぎて、この優しくて意地悪な魔法を飲み込むことができなかった。

二杯目

きれいな独唱《アリア》

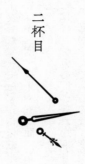

1

タセット夕暮れ堂までは家から自転車で片道三十分。

私は週に二〜三回、週末や五時間授業で早く終わる日は、きまってタセットに顔を出すようになった。

お母さんには、休みの間の遅れを取り戻すために、友達と勉強をしていると説明しているけれど、私が学んでいるのは、学校の勉強とは少し違う。

タセットは珈琲を淹れる専門であるバリスタの時花《はやり》さんと、コーヒー豆の焙煎《ばいせん》を生業《なりわい》にしている日暮さんの二人でやっているお店だ。

二人とも同じ能力をもっているという――4分33秒だけ、大きな後悔を抱えた人を過去に運べる力。それは私にもあるらしい。

今はまだ、時間の流れに抗うことしかできないけれど、私もいずれ時花さん達のように、その『渡し』という能力に目覚めてしまうんだって。

私は他の誰にも聞けない、けれどとても大切なことを、これから少しずつ二人に学んでいかなければならないそうだ。いつかその時が来て、私が困らないように。

「私達はどのくらいいるんですか？　その、時守《ときもり》は」

「多くはないわ。北海道でも私達と、陽葵《ひまり》ちゃんと、あと少し――多分いつか会うでしょう。時守は水面に起こる波紋のように共鳴し合うから」

時を渡る力は、他の時守が変えた時間に触れた時に目覚めるらしい。

つまり私は、杉浦さんの……。

「それにね、時を渡るのはできるだけ二人いる方が良いの。可能ならもっと。その方が時間の流れが安定するって言われているわ」

毎回一杯だけはご馳走してくれるという時花さんのご厚意に甘えて、私はいつもの赤いブリキのマグに注がれた、たっぷりのキャラメルラテを一口飲んで、ふぅん、と相槌を打った。

「安定……してないと、どうなるんですか？」

「たまに迷子になってしまうことがあるの」

「迷子？」

「そう。時々ね、時間の流れの中で自分の帰る場所がわからなくなる時があるのよ。だから一人より二人、二人より三人……帰り道を知っている人が多ければ多いほど、道に迷わないでしょう」

人数が多い方が過去にいられる時間が長くなるとかそういうことじゃなくて、もっと物理的というか、単純な理由なんだ……。

「でも……迷子になると、どうなるの？」

私の質問に、時花さんは戸惑ったような表情を浮かべて、隣に立つ日暮さんを見た。

髪は明るいカフェオレ色で、今風の細マッチョ系だけれど、無口で背が高い日暮さんはちょっと苦手だ。

年齢は時花さんとそんなに変わらないように見えるけれど、彼女にも、そして私にもいつも丁寧な敬語で話してくれるから、余計に距離を感じるのかもしれない。

そんな日暮さんが、時花さんと私の視線を受けて、少し眉間に皺を寄せた。

あまり言いたくないのだろうか――それでも私を見て、ふっと息を吐いた。

「……結局戻ってくるのは4分33秒後の世界なんですが……その地点が見つかるまで、触れたくても触れることのできない過去の時間を彷徨《さまよ》い続けるんです」

「過去の時間……？」

「僕らにも帰りたい、変えたい時間がありますから」

「………………」

でも、私達はその時間を変えられない。

心が裂けるような後悔の時間をフィルムのように何度も何度も繰り返す、記憶の迷路に迷い込んでしまう――それが、迷子。

「そんなの……すごく嫌だ、怖い」

私が思わず身震いすると、日暮さんは静かに頷いた。

「時花さんのように、迷わない人もいますけれど」

彼が時花さんに視線を送ると、彼女はひょいと肩をすくめた。

「私が大事なのは、いつだって『今』だから」

時花さんは、にっこりと笑った。だから日暮さんに答えを委ねたんだ。

「じゃあ、日暮さんは迷子になったことがあるんですね」

「彼、普段からちょっと方向音痴なのよ」

ふふふ、と時花さんが茶化すように笑うと、日暮さんは苦笑いして頷いた。

「お二人は、恋人同士なんですか？」

二人の親密な空気に何気なく質問すると、時花さんが露骨に顔を顰めた。

「まっさか。こんなヒヨコちゃんより、私はもっとナイスミドルがいいわ」

「この前の、小林さんみたいに？」

「そうねぇ。でも小林さんは奥さんに夢中ですもんね」

確かに。とはいえ、日暮さんは『ヒヨコちゃん』というには、ちょっとおっきいような。

日暮さんも、なんだか納得がいっていない表情だった。

「でも……そんな怖いこともあるんだ……」

テーブルの上に置いたマグカップを両手で包みこみ、独りごつ。

もしずっと、ずーっと帰る場所が見つからないままだったら、どうしよう……そんなことを考えて、ますます怖くなった私は、思わず自分の体を抱くようにした。

そんな私の膝に、急に温かい物が押し当てられる。

「わっ」

それは大きな犬の長い鼻だった。

「モカ、陽葵さんが嫌だって言う時はダメだよ」

日暮さんが慌てて言うけれど、薄茶色の大きな犬は、クリクリの黒い目で私を見上げている。

看板犬のゴールデンレトリーバーのモカだ。おそるおそる大きな額を撫でてやると、モカは気持ちよさそうに目を細めた。

「い、嫌ではないんですけど……こんな大きな動物、触ったことないから」

昔、まだ小さかった妹と一緒に、帯広の競馬場に行ったことがある。

その一角に、動物のふれあいコーナーがあるからだ。

帯広の競走馬は象みたいに大きい。妹はその大きな鼻を撫でようとして、指を噛《か》まれてしまった。

馬にしてみたらふざけたつもりの甘噛みだったかもしれない。幸い怪我にはならなかった。だけど十分痛かったみたいで、妹は真っ赤になった指を押さえて、ずっと泣いていた。

それを見てお母さんは、私が動物に触れることを禁じたのだ。ピアニストの指だから
――でももう動かないんだから、どんな動物を触っても良いはずだ。たとえばこの優しい目をした大きな犬も。

「モカはセラピードッグの資格を持っているので、怒ったり齧《かじ》ったりはまずしませんから、安心して下さい」

日暮さんが優しく言った。

「どこを撫でたら喜んでくれますか？」

「モカはどこ触っても喜ぶわよね」

私の質問に、時花さんが笑って答えた。

「まあ確かにどこを触っても厭《いや》がらないけれど、背中と耳の下を撫でられるのが大好きです」

だけどなにより、構ってもらえるのが嬉しい子です、と日暮さんが言ったので、私は少し安心して、モカの耳の下を優しく撫でた。

モカの耳は垂れていて、すごく温かい。

その時、カランコロンとドアベルが鳴って、三十歳くらいの女性客が二人やって来た。先陣を切って入って来た人があまりに綺麗だったので、びっくりした。

少しお化粧や服装が派手だけれど、とっても良い匂いがする。その後から来た人は、空色のワンピースを着た、ボブカットの大人しそうな女性。

よく躾《しつ》けられたモカは、お客さんが来ると私の足下ですっと座り直した。

「いらっしゃい。お好きな席にどうぞ」

時花さんが声を掛けると、派手な女の人が大きな声で言った。

「ええー？　今どき看板犬ってキモくない？　衛生法とか大丈夫なの」

「大人しいし、綺麗な子だから大丈夫よ」

ボブカットの女性は犬好きなのか、モカを見てにこにこしながら、カウンターから一番離れた窓際の席に座った。どうやら何度かタセットに来たことがあるらしい。

「毛が服に付く生き物は大っ嫌い、汚らしい」

窓側の席に着くなり、良い匂いの人が言った。私達にはっきり聞こえる声のボリュームで。

「でも、幸恵《ゆきえ》は爬《は》虫類とか魚も好きじゃないんでしょ？」

「爬虫類とか虫とかは気持ち悪いし、魚なんか生臭くて汚いだけでしょ」

幸恵と呼ばれた良い匂いの人が、顔を歪めて吐き捨てるように言った。

「じゃあ鳥は？」

「あれだって毛だか羽根だか生えてるでしょ、汚い汚い」

「結局生き物全般が嫌いなのね」

「ミナは好きなんでしょ？　昔からよく鼠《ねずみ》を殺して泣いてたよね」

　ミナ、と呼ばれた空色のワンピースの人が、困ったように苦笑いした。

「殺したんじゃなくて、そもそもハムスターは寿命が短いの……それより何を頼む？」

「本当に大丈夫？　毛とか入ってない？」

「大丈夫だって」

　彼女はさすがに私達を気にするように横目でうかがいながら、テーブルの横にまとめられていたメニューを幸恵さんに手渡した。

「ミナは何にするの？」

「私はここではいつもフラットホワイトかな」

「ふーん。じゃあ私もそれにする」

　フラットホワイト……なんなんだろう、と思って私もメニューを見てみた。

『泡立ちを控えてミルクをスチームしたシルキーなラテです。しっかりとエスプレッソを感じたい方へ』

　……うん。なんだかよくわからない。

　お水を持って時花さんがオーダーを取りに行ったので、そっと日暮さんを見る。

「ミルクの量を控え、フワフワな泡ではなく、スチームしたミルクで作るんです。ミルクやフォームたっぷりなのがラテ、少ないミルクをたっぷり泡立てたのがカプチーノ、フラットホワイトはその中間という所でしょうかね」

私の視線に気がついた日暮さんがこっそり教えてくれた。

「ミルクの量とか、泡立て方で名前が変わるっていうこと？」

「はい。ミルクで柔らかな味が良ければラテ、ミルクの中にもしっかりとエスプレッソを感じたければフラットホワイト、珈琲とふんわりしたミルクの泡立ちを楽しみたければカプチーノ、ですね」

試しにフラットホワイトでキャラメルラテを作りましょうか？　と言ってくれたけど、珈琲の苦さが苦手な私には、まだ早い気がして遠慮した。

でも大人の二人には、そのくらいの方が良いんだろうな。

珈琲を待つ間、幸恵さんはすぐにスマホを手にしたので二人の会話は途切れてしまった。

「こうやって会うのも久しぶりね。一年ぶりくらい？」

なんとか会話を続けようと、ミナさんが言う。

「私はミナみたいに、毎日暇じゃないからね」

スマホから顔も上げずに幸恵さんが素っ気なく答えた。

「私もそんなに暇じゃないけど……」

「………」

どうやら、幼なじみだとか、子供の頃の同級生とか、そういう関係性みたいだ。

でもせっかく会ったのに、幸恵さんはスマホを覗く方が大事みたいで、ミナさんとの会話にも適当な相槌を打ったり、無視している。

ミナさんがチラリとこちらを見た。

彼女達を見ていたことがバレてしまったと、慌てて前を向く。でもそっと盗み見たミナさんは、私達を気にしていると言うより、モカを見ているようだった。

幸恵さんがいなかったら、モカを撫でたりできるのにな……って、そんな風に考えているのかもしれない。

「えっ！」

ミナさんが可哀相だな……なんて思いながら、私もキャラメルラテを啜《すす》っていると、幸恵さんが突然大きな声を上げた。

「どうしたの？」

「ちょっと！　見てよ！」

幸恵さんが騒々しくミナさんにスマホを見せた。何か大変なことがあったのかな？と思ったら、人気俳優の名前を連呼している。

どうやら今朝発表された、人気俳優とグラビアアイドルの結婚のニュースのことらしかった。

特撮ドラマの主人公役からデビューして、今では演技派としてすっかり有名になったイケメン俳優の結婚は、今日の学校でも話題になっていた。

「もー、がっかり。あんなブスとなんて！」

幸恵さんが本当に呆れたような声を上げる。

「そう？　美男美女でお似合いだと思うけどな」

「はぁ？　美女？　アレが？　ドブスなのに⁉」

怒ったように幸恵さんが言ったので、心配そうにモカが二人を見た。喧嘩《けんか》していると思ったのかもしれない。

私は私で、『ドブス』という言葉の汚さに驚いてしまった。タンギングを失敗したホルンみたいな濁音で強調されたその言葉は、とても意地悪くて醜悪《しゅうあく》な響きだった。

「あんないい男がさ、なんであんなブスなんかと。だってあれ、整形しまくりでしょ？整形してもブスなんて、救いようがないブスなのにさ」

幸恵さんは、何度もその言葉を繰り返した。

綺麗な人の唇から、こんな汚い音が発せられるなんて。私は時花さんと日暮さんを見る。

時花さんは珈琲を淹れていた。日暮さんも店頭販売用のコーヒー豆を丁寧に並べ直している。二人とも幸恵さん達の話が聞こえていないはずがない。聞いてないフリをしているんだろうか……。

「もう本当にやめて欲しいよね。いい男がさ、ブスなんかと付き合わないで欲しい。自分の価値を下げないで欲しいわ」

聞きたくない言葉も、ＢＧＭがなく時計の音すら止まったタセットでは、遮《さえぎ》る方法がない。

やがて時花さんが、珈琲を二人のところに置いて戻ってきた。

ゆっくり珈琲を飲みながら、静かな時間を楽しんでもらうために、マグカップサイズで提供されるタセットの珈琲。

今は、その大きさが恨めしい。

「………」

そんな私を慰《なぐさ》めるように、モカが鼻を寄せてきた。

そのあったかい重みは、なんだかとても安心する。

かしこいモカは人間の言葉をきちんと理解しているみたいだ。こんな優しい生き物に、あんな言葉を聞かせたくない。

心の中で必死に「帰れ」「帰れ」って祈った。

でも席を立ったのは、ミナさんの方だった。

「はぁ？　旦那の仕事が早く終わるからって、なんでミナまで帰らなきゃいけないの？」

「帰らなきゃいけないわけじゃないけど、これから晩御飯の支度をするのは大変だから、それなら駅前で待ち合わせて、一緒にご飯を食べて帰ろうって……幸恵も来ない？」

「嫌だよ、アンタの旦那、アンタ以上に話退屈だし合わないもん」

「確かに、幸恵とはあんまり共通項がないかもね」

「シャコウジレイみたいな無意味な会話って大っ嫌い」

ここに一人残すことも躊躇《ためら》われたようで、ミナさんは珈琲を飲み終えるまで、幸恵さんを必死に誘っていた。なのに幸恵さんは頑なだ。

結局ミナさんは自分の代金だけ払って、「すみません」と時花さん達に謝った後、後ろ髪引かれるように店を出て行った。

逆だったら良かったのに……。

私はひどくガッカリして、今日は早めにキャラメルラテを飲み干して、家に帰ろうと思ったのだった。

2

「オーダーお願いしたいんですけど」

そんな友人を見送るでもなく、メニューを見ていた幸恵さんが、カウンターに声を掛けた。

「は、はい」

逃げるように日暮さんが奥の焙煎室に消えてしまったので、時花さんが慌てて席に向かう。

「何がオススメ？　あ、あれないの？　ちょっと前に流行ってた……ゲイシャ？」

「ゲイシャでしたら、このブエナビスタ産のグァテマラですね。フルーティさと華やかさを兼ね備えた、とても品の良い豆です」

「……はぁ!?　たっか！　なにこれ！　一杯千八百円って、ホテルのロビーじゃないんだから」

「スペシャルティコーヒーなので、本当にホテルでお飲みになられましたら、一杯三千円以上はするかと……」

「冗談でしょ？　珈琲なんかに出す額じゃないわ。ええ……じゃあ何にしようかな……」

そう言って幸恵さんはまたメニューを眺め始めた。

隣に立っている時花さんの笑顔が、少し硬い。幸恵さんを歓迎していないのは、時花さんも同じなのか……なんだか少し安心した。

「ってかさ、ブスは世の中のハードルがバカ低いから、つまんない男相手でも幸せ感じられていいわよね。私ならあんな旦那とやっすい居酒屋で晩御飯食べるくらいなら、餓死する方がマシだけどな」

「……はい？」

「結局本人の努力不足なのよね。よく美人は得とか言うけれど、本当は美人ほど努力が必要なの、マスターだって綺麗だからわかるでしょ？」

幸恵さんが時花さんに同意を求めた。

一瞬何を言っているのかわからなかった――でも多分ミナさんのことだ。

今別れたお友達のことまで、そんな酷く言うなんて……。

「そ、そういうものなんでしょうか」

時花さんも意味を理解したみたいで、引きつった顔で答えを返した。

「ほら、努力の色って外からだってはっきり見えるでしょ？　私も前はブスだった。でも努力して、今はこんなに綺麗になった。だから努力しない人が、我が物顔でいるのが許せないのよ」

はーあ、と呆れたような顔で大袈裟に溜息をついて、彼女はメニューの中から、結局珈琲じゃなくアイスティーを選んだ。

「あーあ、嫌な世の中だよね、まったく」

バサッとメニューをテーブルの上に放り出すようにして、彼女は再びスマホを手にした。

メニューの表紙に、うるさくしちゃダメって書いてあるはずなのに。

嫌なのは世の中じゃなくて、貴方の方なのに。

思わずそんな気持ちで見つめると、見返してきた幸恵さんが私を強く睨んだので、とうとう我慢ができなくなった。

「……その人が努力してるかどうかなんて、他人からはわかんないです。それに努力すれば結果が必ずついてくる訳じゃない」

幸恵さんが、綺麗な顔を思いっきり顰めた。

「はぁ？　子供のくせになんなのよ？　アンタに何がわかるって言うの？」

「貴方こそ大人のくせに、どうしてそれがわからないんですか⁉」

大人相手にこんな風に反論したのは、初めてかもしれない。

私だって努力ぐらいした。毎日、毎日、ピアノのことばかり考えて、夢の中でもピアノを弾いていたくらいだ。

それでも結果は出なかった。

そんな私を見て、お母さんは努力が足りないっていつも言っていたけれど、あれ以上どうしたら良かったっていうの？

「自分の思い通りにならないからって、他人の努力を否定しないでよ！」

瞬間的に破裂した怒りをぶつけたかった相手は、もしかしたら幸恵さんじゃなかったかもしれない。

「世の中には貴方よりもっと綺麗な人だっている。貴方の考え方だと、その人から見たら、貴方も努力をしていない人に見えるかもしれない。それに得意なことや、頑張りたいことだって、みんな人それぞれでしょ⁉」

反論する言葉が見つからなかったのか、彼女は一瞬黙って私を睨んだ後、拗《す》ねたように唇を尖《とが》らせ、顔を背けた。

「眉毛の整え方も知らない不細工な子供が、鬱陶しいこと言わないでよ」

急に勢いをなくしたように、けれど意地悪く幸恵さんが言う。

でもそれは、私への答えになってない。

むっとして言い返そうとすると、アイスティーを運んで戻ってきた時花さんが落ち着かせるように、私の両肩を摑んだ。

「あ……」

そして、何も言うなという風に首を振る――わかってる、他のお客さんにこんなこと言うのは失礼だって。でも納得できなくて、私はきゅっと唇を嚙んだ。

「その子なんなのよ。犬といい子供といい、この店キモすぎるんだけど」

幸恵さんがまた吐き捨てるように呟く。

言葉遣いは丁寧に、人を傷つけるようなことを言ってはいけません、お友達は大事にしましょう――幸恵さんは子供の時にそう習わなかったのだろうか。

きちんとお化粧をして、指の先まで綺麗にしているのになんでこんなに汚い言葉を使うんだろう。

「……どうしてですか？」

そんな私の気持ちを汲んでくれたのか――それとも、同じ気持ちだったのか、時花さんが幸恵さんに悲しげな顔で尋ねた。

「え？」

「どんな言葉を選ぶのも、貴方の自由だと思います。ですが……私は貴方の声に、怒りと痛みを感じます」

幸恵さんの表情が、ぎゅっと引きつり――そして急速に曇《くも》る。

「……言ったでしょ、私も昔はブスだったって」

俯いた彼女が、絞り出すように呟いた。

「でも綺麗になる努力をしたのよ。大勢からブスって言われて、悔しかったから」

「でもそれって、意地悪なことを言われて傷ついたってことでしょ？　なのに、それをどうして他人にするの？」

その痛みを知っているはずなのに？

幸恵さんは質問に答える代わりに、私を睨んだ。

「……だから子供って大っ嫌いなのよ、綺麗事ばっかりで。自分が痛い思いをした時は、他人ももっともっと酷い目に遭わせたいのが大人なのよ。そうしないと誤魔化せない痛みがあるの」

「自分が痛いから、他の人も痛い思いをしたらいいってこと？」

「何が悪いの？　スカっとするでしょ!?　ざまあみろって嬉しいでしょ!?　それに……私は昔、大切な人に言えなかった言葉、伝えられなかった気持ちがあって、今でもずっと後悔しているの。だから今は思ったら、言いたいことは全部言うようにしているの」

「……伝えられなかったこと？」

そう繰り返す私に、幸恵さんの怒りの表情が、一瞬だけ苦しげに歪んだ。

「そうよ……だから誰を傷つけたとしても、私は自分の言葉を我慢しないの。もう二度と自分のチャンスを自分で奪わない為に……」

長いまつげで黒く縁取られた幸恵さんの瞳から、一筋涙が伝った。

彼女の後悔したくないという気持ちはわかる。

「だからって、友達のことまで悪く言うのは、良くないと思う」

「はぁ? 貴方に私の何がわかるのよ。言われる方は自業自得なの。相手が私に『言わせてる』のと同じでしょ。誤解しないでよ。傷つけられてきたのは私の方なんだから」

「お客様が気丈そうに見えるからです」

時花さんがフォローするように間に入った。

「え?」

「貴方が強い女性に見えてしまうから、彼女にはそれがわからないんです。貴方の努力が、何と戦ってきたか、どんな風に傷ついたのか——だから、聞かせて頂けませんか?」

時花さんが促すと、幸恵さんはむっとしたように眉間に深い皺を刻んだ。

「私は、本当に強くなんかないわよ……」

そう言って、彼女は深い溜息と共にその『痛み』を吐き出した。

幸恵さんは、子供の頃から自分は可愛かったと言った。

きっと本当のことだと思う。ぱっちりとした目、長いまつげ、すっと通った鼻筋に、大きすぎも小さすぎもしない唇。幸恵さんの顔は全てが綺麗に配置されている。

お人形さんみたいだと地元ではみんなに褒められ、可愛がられた。

だから十八歳で両親の制止を振り切り、東京に出てモデルを目指した。

でも彼女が望んだような華やかな仕事は見つからず、田舎ではあんなにちやほやされたのに東京では全然で、結局三年で諦めて北海道に戻ってきた。

実家に戻ることは彼女のプライドが許さず、札幌で暮らし始めたけれど、そこでも思ったような方向に人生は進まなかったのだ。

「それでも札幌でなら食べていくことはできた。期待していた形じゃなかったけど、それでもまぁ……それなりに楽しく暮らしてたの」

いつかはきっと、華やかな世界に行けると信じ、願うように日々を過ごした。

でも段々、焦りが夢や希望を塗りつぶしていく。

そんな時、幸恵さんが仕事帰りに立ち寄ったバーで出会ったのが『彼』だ。

バーテンダーの『彼』は、華やかな人だった。

「彼は私のことを気に入っていたんだと思うの。バンドをやっていて、取り巻きが一杯いたんだけど、よく私の目を見て、私だけに話をしてくれたりしたわ……そのせいで、取り巻きから目をつけられたの」

『彼』はバーテンダーとして働きながら、プロ志望でバンド活動をしていた。

いつか東京でメジャーデビューすることを夢見る彼を、幸恵さんは自分と同じだと思ったし、彼もそう感じていたのだろう。

だけど彼は、常に取り巻きが店に張り付いているような状況だったので、あまりおおっぴらに付き合うことはできなかった。そして。

「取り巻き達が、ある日私に『お説教』をしたの。『ブスの癖に出しゃばるな』って。酷い嫉妬だったけれど、その頃の私は弱くて、ただ彼女達に言い負かされるばっかりだった」

悔しげに、幸恵さんが呟いた。

それから取り巻きの間で彼女の渾名《あだな》は『ブス』になった。子供のいじめと同じだ。

結局それに耐え切れなかった彼女は『彼』を諦めた。そのかわり二度とブスだなんて言われないようにと、美しくなる努力をし続けたという。

「そうして、何度か妥協して月並みな人と結婚して……でも結局上手く行かなくて。二回離婚したわ。どんなにいい人でも、彼のことを思い出すのよ」

「そんな素敵な人だったんですね」

時花さんが言うと、幸恵さんはふっと笑って——そして視線を落とした。

「……彼、今は東京で一流アーティストの仲間入りをしてる。TVで見るたび、街なかに流れる曲を聴くたびに彼を思い出して、じくじくと胸が痛むの」

『彼』は、あの頃の夢を叶えたのだ。

「今でも忘れられない瞬間があるわ」

幸恵さんが言った。眩しそうに。

「ある日、彼は私の目を見て、東京に出ようと思うんだって話してくれたの。だから彼に、行っても絶対に成功するよ！　って言ったら、彼、そうかな？　一緒についてきてくれる？　って笑ったのよ。だけど――」

「こ……断っちゃったんですか？」

私が驚くと、彼女は静かに頷いた。

「また東京に行くことが不安だったわけじゃない。でも私は取り巻き連中が怖くて……結局何も言えなかった。だけど今でも思うの。あの時『私も行く』ってちゃんと答えてたら、きっと未来は変わってたんじゃないかって」

あんな人達に屈するんじゃなかった、彼を諦めるんじゃなかったと、幸恵さんは長い爪が折れてしまいそうなほど拳を握りしめた。

その後悔が今でもくすぶって、彼女の人生に影を落とし、そしてあの汚い言葉を唇に、心に染みつかせているんだ。

その仕返しを、他人にすることが正しいとは思えない。

だけどやられっぱなしの人生が嫌なのも、それを変えたいという気持ちもわかる。

彼女だって、昔は違ったはずだ。

だったら……だとしたら。

咄嗟に時花さんを振り返ると、彼女はカウンターに戻りながら私に微笑んだ。

「……珈琲を一杯、私に選ばせてくれませんか？」

そう言って時花さんは、あのフレンチプレスを手にした。

夢を見る時間だ。忘れられない過去の時間を。

注がれるお湯の泡と、沸き上がる珈琲の香り。

フレンチプレスの『4'33" John Cage』――ゆっくり音が遠くなり、かわりに古時計が優しく響きだす。時間が珈琲の色に染まっていった。

3

目覚めるようにゆっくりと瞬きすると、耳の中でまだ微かにことことという、時計の音が聞こえたような気がした。

けれどそれは、周囲のざわめきにゆっくりかき消され、やがて耳の奥からいなくなってしまう。

色褪《あ》せた世界は薄暗く、鼻の奥がぎゅっと痛くなるような、たばこの匂いがした。

「………」

お店の隅っこに降り立った私を隠すように、時花さんが更に柱の陰の方に追いやった。

ここが幸恵さんが、やり直したいと願う過去。

幸恵さんの行きつけだったというバーだ。子供の私が来るのは、あんまり良くないんだと思う。

店内はそう広くない。長いカウンター席と、後はテーブル席が六つほど。カウンターの中にはバーテンダーさんが三人いて、テーブル席には二組ほどしかお客がいなかったけれど、カウンターは全席埋まっている。

みんな女性のお客さんだ。多分カウンターの真ん中に立っている、バーテンダーさんが目当てなんだろう。黒いベストに蝶ネクタイが似合う、細身の中性的な男性だった。

そんなカウンターの一番左端っこの席に、幸恵さんはいた。

彼女は突然の状況に驚いているみたいで、辺りをきょろきょろ見回している。

「――で、メンバーと話してたんだけど、そろそろ東京に出ようと思うんだよね」

とバーテンダーの男性が言った。

女性客から、一斉に「えー！」とか「嫌だー！」とか、悲鳴のような声が上がった。

「そりゃ、みんなとはずっと離れたくないけどね」

引き留められることが嬉しかったのかバーテンダーさんは微笑んで、けれどすぐに困ったように眉を八の字にした。

幸恵さんはまだぼうっとしている。わいわいがやがやと騒がしい席の端っこで。

バーテンダーの男性は、幸恵さんに見向きもしていないみたいで、私は「え？」と思った。

だって幸恵さんは、自分に向かって東京進出の話をしたって言っていた、自分は彼にとって特別だったって――でも、ここから見る限り、そんな風には見えない。

彼女の座る場所が、そのまま彼との距離に見えた。

実際このお店の中で、彼女は一際目立つような、そんな存在には見えない。人の見た目に点数をつけるようなこと、絶対良いことじゃないってわかってるけど、でも……カウンターには、幸恵さんよりも可愛い人や綺麗な人が何人もいた。

その時、話に夢中になった幸恵さんの隣の女性が、お酒の入った幸恵さんのグラスを、うっかり倒してしまった。

「あっ」

と思わず声が出てしまい、私は慌てて口元を覆う。

丁度幸恵さんの前に立っていた女性バーテンダーさんが、零れたお酒を拭いていると、その横からすかさず例の男性バーテンダーさんが、濡れたおしぼりを幸恵さんに差し出す。

「大丈夫？」

「あ……はい……」

弱々しい声で、幸恵さんが答えた。真っ赤な顔で。

「君はどう思う？　やっぱ札幌にいた方が良いかな」

代わりのを作ってあげるね、と彼は新しいグラスを用意しながら、幸恵さんに聞いた。

「あ……う、ううん、大丈夫。絶対、東京で成功すると思う……」

緊張か、それともまだ混乱しているのか、幸恵さんがたどたどしく赤い顔で答えると、男性バーテンダーさんはぱっと笑った。

「ほんと？　そうかな、じゃあ一緒についてきてくれる？」

悪戯《いたずら》っぽい笑顔。それは確かに――確かに幸恵さんに向けられたものだった。けれど横で聞いていた女性達が、「私がついていく」と次々に大きな声を上げる。

幸恵さんは黙っていた――また、黙っていた。

「幸恵さん……」

思わず小さく呟いてしまった。でも女性達の騒ぐ声にかき消され、私の声なんて誰にも届いていないだろう。幸恵さんにすら。

想像していた状況とは違った。

あれは幸恵さんの誇張だったのか、それとも時間が経つにつれて記憶が少しずつ形を変えてしまったんだろうか？

どう見ても彼女は、この場に沢山いる取り巻きの一人でしかない。

でも、それでも。

「…………」

それでも声を出せば、何かが変わるかもしれない。いつのまにか、私は幸恵さんのことを応援していた。

だけど黙ったままの彼女に、隣の人が何か意地悪な顔で囁いた。

何を言われたのか、はっきりはわからない。だけど幸恵さんは何も言えないまま、しょんぼりと座っているだけ。

せっかく時を巻き戻したのに、チャンスは一度きりなのに。

いいの？　これでいいの？　このままで本当に良いの⁉

早くしないと時間がなくなっちゃう。

「ゆ……」

我慢できずに、私が大きな声で彼女を呼ぼうとした、その時だった。

ぐらりと目眩《めまい》がして、時計の音が鳴り響く。

まだなのに、まだ幸恵さんは何も変えていないのに。

過去を変えられるのは一度だけ。この4分33秒だけ。

だのに何も変わらないまま、時計の針は尽きてしまって、珈琲一杯分の未来に私達は帰った。

4

「やだ、うたた寝していたみたい」

はっとしたように、テーブルに突っ伏していた幸恵さんが顔を上げた。

「お疲れなんでしょうね、丁度珈琲が入りました」

時計の針を直している時花さんが答えると、日暮さんは『4'33" John Cage』を一杯カップに移し、幸恵さんのテーブルに持っていく。

彼女は自分の状況がよくわかっていないみたいで、額を押さえたり、スマホを覗いたりしていた。

「お連れ様がご用事で帰られた後、少しお休みになってらっしゃいました」

マグカップを置きつつ日暮さんが言うと、「そう……」と短く幸恵さんは答え、そのまましばらく黙ってしまった。

私は胸の奥のモヤモヤとした不安を上手く消化できなくて、時花さんと日暮さんを見た。

せっかく……せっかく最初で最後の『4分33秒』を手に入れたのに、何もしないまま、なんにも変えないまま、戻ってきてしまうなんて。

傾いてきた日差しの差し込む窓辺で、物憂げに珈琲を飲む美しい人。

彼女は自分で言っていたような『特別な人』じゃなかったし、過去を変える勇気も持っていなかった。

見栄っ張りで意地っ張りなのか、嘘つきなのかはわからない、意気地《いくじ》なしな人――彼女は憑《つ》き物が落ちたように、珈琲と窓の向こうに見えるモエレ沼公園のガラスのピラミッドの頂点を眺めているみたいだった。

「うたた寝して、昔の夢を見たわ」

不意に幸恵さんがぽつりと言った。

「夢ですか？」

時計を直し終えた時花さんが、ぱたりと小さな小窓を閉めながら答える。

「ええ……この珈琲と同じ。思い出すと苦いわね」

幸恵さんの頰にまた涙が一筋こぼれ落ちる。

「……綺麗」

夕方の金色の光が彼女の涙をキラキラと照らした。それがあんまり綺麗過ぎて、私は思わず呟いた。

「え？」

幸恵さんが少し驚いたように私を見て――そして笑った、にっこりと。

「やだ、ありがとう」

夕陽の光を背負った、その笑顔は本当に美しくて――指がズキンと痛んだ。モカが気遣うように、私の手の甲に顔を擦り寄せてきた。

自分は努力しているのだから、他人を否定したり、悪口を言って傷つけても良い……なんて考え方は、絶対に好きになれないけれど。

でも……確かにこの人は何も言えなかったことを後悔して、自分を変える努力をしたのだ。こんなに美しくなるほどに。

それなのに過去は変えられなかった——努力が必ず、綺麗に咲くわけじゃないから。

あの場所で勇気を出して声を上げるのは、二回目だとしても簡単なことじゃなかったと思う。

だけど……。わかっていても悔しさや、納得のいかない複雑な想いで胸がささくれだち、指がずきずきと痛むのを覚えた。まるで自分のことのように悔しかった。

「私、やっぱり珈琲なんて嫌いだわ。臭いし、着色汚れも気になるし、苦いし……嫌なことばっかり思い出すもの」

苦い珈琲を飲み干すと、幸恵さんはそう言って、一人店を出て行った。

「……せっかくのチャンスだったのに」

思わず独りごつ。

「みんながみんな、自分を変えられるとは限りませんから」

日暮さんの言葉に思わず顔をぎゅっと顰めた私を見て、時花さんは静かに微笑んだ。

「そうね……でも初めは小さな変化でも、ずっと先では大きく変わっているかもしれないわ」

「え？」

「踏み出した一歩が右足か、左足か、ゆっくりか、スキップかでも未来は変わるかもしれない――」

その時、お店のドアが開いて、ミナさんが心配そうに中に入ってきた。

「すみません、さっきの……一緒だったお客、もう帰っちゃいましたか？」

焦ったように言うミナさんに、日暮さんが頷く。

「はい……でもつい今さっきです。どうかなさいましたか？」

「え……あの、彼女と別れて、主人と食事に行く予定だったんですけど、せっかく久しぶりに会ったんだし、やっぱり彼女を優先しようってことになったんです」

でももう幸恵さんは店を出て行ってしまった。

「多分車の運転中なんじゃないでしょうか？　連絡がつくまで、どうぞここでお待ち下さい」

「本当ですか？　すみません！　ありがとうございます！」

ミナさんはぱっと明るい笑顔で言って、モカを撫でながら、しばらくスマホを弄《いじ》っていた。

それから十分ほどだろうか。悪態をつきながら、けれど少し嬉しそうに幸恵さんが戻ってきて、二人はなんだかんだ楽しげにタセットを出て行った。

「…………」

ミナさんは、幸恵さんが陰で自分をなんと言っているか、知っているんだろうか。

「……誘わないと思いますよ」

「え？」

洗い終わったマグを乾いた布で拭きながら、日暮さんが言った。

「本当に好いていないお友達なら、ミナさんは自分から誘わないでしょう」

「あ……」

確かに、わざわざ戻ってきたのはミナさんの方だった。嫌いな人だったら、わざわざ旦那さんとの時間を放りだしてまで、幸恵さんのところに戻らなかっただろう。

単純にミナさんが気がついてないだけかもしれない……とも思ったけれど、幸恵さんは言いたいことは我慢しないって言っていた。

「僕らに見えるのはほんの一部分だけです。きっとお友達として素敵な部分があるから、ミナさんは彼女と過ごしたいって思うんですよ」

「……そっか」

今まで通りの未来——それでも何か変えられたのだろうか？

少しでもミナさんに優しくなっていれば良いなって思った。

「ぎゃあああ！」

突然、スマホを見ていた時花さんが声を上げた。

「やっぱり！　さっきのあのバーテンダー、ＢＲＡＣＫのボーカルだわ!!　そりゃ逃がした魚はでっかい魚《ぎょ》だわ!!」

「うわ……」

確かにＢＲＡＣＫといったら、私ですら良く知っている人気ロックバンドだ。今は第一線って感じじゃないにせよ、数年おきに曲を出すたび話題になるし、ライブは今でもプラチナチケットだっていう。

そりゃ忘れられない相手にもなっちゃうか……。

「あ……でも、確かＢＲＡＣＫのボーカルって、デビュー前からずっと支えてくれていた糟糠の妻を、あっさり捨てて十五歳下のアイドルに乗り換えたんじゃなかったっけ？」

「……まぁ、確かに売れたら……っていうのは、よく聞くパターンではありますが」

「え……」

私達三人は思わず顔を見合わせ、少し黙った。

幸恵さんの欲しかった幸せが、選ばなかった時間の先にあったのかはわからない。

誰かを傷つけるのは、やっぱり正しいことじゃないし、汚い言葉は嫌いだ。

だから今からでも彼女が違う足から踏み出して、さっきよりもいい人になってくれていたらいいなと思いながら、私はほろ苦いキャラメルラテを飲み干した。

三杯目

小鳥たちの二重奏《デュエット》

1

ライラックの花の香りが、札幌の街から随分消えてしまった五月の終わり、カロンカロンと、転がるようなドアベルの音を聞きながら、タセットの少し重いドアを開けると、「いらっしゃい」と日暮さんが短く声を掛けてくれた。

時花《はやり》さんはこっちを見なかった。

何故ならカウンターに座っている女性と、顔をつきあわせるようにして、なんだか真剣に話をしていたからだ。

「あ……こんにちは」

一瞬、入ってはいけないのかと心配したけれど、どうやら時花さんは怒っているわけではなくて、お客さんとの会話に夢中になってるだけみたい。時折、笑顔も見えた。

「こんにちは。いつものでいいかな」

「は、はい」

ほっとして店内に入ると、日暮さんが私が席に着くのも待たずに聞いてくれた。カフェで『いつものやつ』で通じてしまうなんて、なんだかすごい常連さん感があって、こそばゆい。

私が飲めるメニューの選択肢が、単純に少ないからなんだけど。

そうして私は、カウンターのお客さんから二席離れた所に腰を下ろした。

「あら、いらっしゃい陽葵《ひまり》ちゃん」

私に気がついたのか、時花さんがにっこり笑った。話の腰を折ってしまったみたいで、少し申し訳なく思う。

「近くのケーキ屋さんのパティシエール、小鳥遊《たかなし》さんよ」

時花さんが、私が尋ねるより先に女性を紹介してくれた。

彼女の働いているお店で、父の日用にタセットとコラボしたお菓子とコーヒー豆のセットを販売するらしく、その最終打ち合わせをしていたようだ。

「そっか、もうすぐ父の日ですもんね」

「そうそう、陽葵ちゃんはどういうのが好き？」

そう言って、お菓子の写真とクッキーを時花さんが見せてくれた。

黄色い薔薇をモチーフにした可憐なデコレーションケーキの写真と、可愛らしいアイシングクッキーを見て、私は思わず「わぁ」と声を上げた。

お父さんは転勤が原因で、お母さんと離婚してしまった。

今はもう日本で生活をするつもりがないというし、あまり接点はない。

大好きと言える関係ではないけれど、お互いに嫌いなわけでもない。

だから私がクッキーを送れば喜んでくれるだろう。でも、それより――。

「私のお母さん、お花があまり好きじゃないんですけど、こういうのなら喜びそう」

「へー、じゃあ母の日にいつも何を贈ってたの？」

小鳥遊さんが何気なく聞いてきた。時花さん達とそんなに年齢も変わらないように見える、二十代後半ぐらいの女性で、焦げ茶色の髪を後ろできっちり結い上げている。

「いつもはプレゼントのかわりにピアノを弾いていて。でも今年はお引っ越しとかもあってバタバタしちゃって、結局お祝いとかしないままだった……」

あまり華美な服装は好まれない職業なんだろう。唯一のオシャレのように、髪に挿した簪《かんざし》タイプのヘアピンの先で揺れる、可愛い小鳥を目で追いながら、私は答えた。

「まあ、そういう時もあるよ。じゃあ、父の日にまとめてお祝いしてあげたら？　ピアノ、得意なんだ？　今年は何を弾いてあげる予定だったの？」

「え、えっと……」

それは何気ない質問だったと思う。

本当に知りたい訳じゃなくて、ただ雑談とか会話の糸口にしたいだけ。ここで変な雰囲気にするのも嫌だった。

それに先にこの話題を振ってしまったのは私だ。当たり障りのない返事をしようかどうか思いあぐね、思わず時花さんと日暮さんを見ると、二人も困ったような表情を浮かべていた。

「陽葵ちゃんは今、手を怪我しているの」

時花さんが、助け船を出してくれた。

小鳥遊さんがはっとしたように私の手を見た。包帯をした指を。

「あ！　でも、そんな『だから悩んでる』とかじゃなくて、今年は本当にどうしようかなって、そう思っただけで‼」

みるみる表情を曇らせてしまった小鳥遊さんに申し訳なくて、私は慌てて首を横に振った。

いつもならこんな時、上手く場を和ませてくれるモカが、今日に限って奥のケージでお昼寝中で、私は余計にあわあわした。

「……じゃ、じゃあさ、今年はクッキーにしよ！　アイシングクッキー、このプロの小鳥遊さんが作り方教えてあげるから！」

「え？」

「買うのもいいけど、せっかくなら自分で作って渡したいでしょ？　明日時間ある？　今ぐらいに」

カウンターの、動いている方の時計を見ると、もうすぐ午後一時になるところだった。

「だったら、タセットのキッチンを使ってくれて良いですよ。オープンもありますから」

そう日暮さんも言ってくれた。でも……。

「あ、時間はありますけど……さすがにご迷惑じゃないですか？」

無理に気を遣わせてしまうのも、一方的に可哀相だと思われるのも、私は嫌だった。

「迷惑じゃないし、それに私……小さい頃両親が離婚しちゃって、母親とはそれっきりなの。会ったこともないし、どこにいるかも知らないから、お母さんへのプレゼントって特別な憧れなんだ」

小鳥遊さんはそう言って、私の方にぐいっと身を乗り出してきた。

「でも本当に、いいんですか？」

「ええ！　あなたが嫌じゃなかったら、一緒にクッキー作らせて」

大人の本心はわからない。『可哀相な子供』に罪悪感を抱いた大人は、いつもこうやって少しでも子供を喜ばせようとしてくれるけど、罪滅ぼしをして自分がスッキリしたいだけのことが多い。

だけど一生懸命に私を誘ってくれる小鳥遊さんの笑顔は、時花さんや杉浦さんみたいに優しくて、本心から言っているように思えた。

「じゃあ、お願いします」

私は丁寧に頭を下げた。

「お名前は？」

「あの、岬陽葵です。お父さんが向日葵が好きだったから」

それを聞いて、小鳥遊さんはぱっとまた嬉しそうに口角を上げた。

「そっか、じゃあカーネーションや薔薇じゃなく、せっかくだから向日葵のクッキーにしようか。そっちの方が初心者向きで、これから夏って感じだし、お父さんもお母さんも喜ぶよ！」

自分のことのように小鳥遊さんが言ってくれたので、私は笑顔で頷いて見せたけれど、心の中で思った。

お母さんは本当に喜んでくれるだろうか？　ピアノ以外でお母さんが喜んでくれたためしはない。それでも私はこれから、ピアノ以外にお母さんと向き合う方法を見つけていかなきゃいけないんだ。

ちょっと不安に感じたけれどお店を出る頃には、小鳥遊さん達とお菓子作りができるという楽しみが、胸の中で三拍子で跳ね回って、次の日まで私はなんだか気もそぞろに過ごしたのだった。

2

翌日夕セットに行くと、既にキッチンで日暮さんと小鳥遊さんが、クッキー作りの準備をしていた。

時花さんは店番らしい。どうやら日暮さんもクッキー作りに参加してくれるようで、私の分のエプロンを用意して待っていてくれた。

「時花さんはクッキー焼かないんですね」

エプロンの後ろで腰紐を結んでくれる日暮さんに言うと、「彼女は食べるの専門ですから」と笑った。どうやらタセットのフード関係は、主に日暮さんが作っているらしい。

そうして、クッキー作りが始まった。

といっても小鳥遊さんが用意してくれた材料を、言われるまま混ぜ合わせていくだけなので、何も難しいことはなかった。

ふんわりクリーム状に練ったバターにお砂糖を入れて、じゃりじゃりのクリームにした後、少しずつの溶き卵（一気に入れると、分離してしまうんだって！）、そしてふるってサラサラにした小麦粉とココアをヘラで混ぜ合わせると、しっとりつややかなココア色の生地ができあがった。

慣れない作業にあわあわしながらも、なんとか無事完成したクッキー生地を平らに伸ばし、一時間ほど冷蔵庫で寝かせてから、型抜きをして焼くという。

「本当はクッキーも焼いて持ってこようと思ったんだけど、自分で生地から作った方が楽しいと思って」

小鳥遊さんが言った。確かにこっちの方が、より『私が作った』になるだろう。待ち時間に飲むキャラメルラテも美味しかった。

やがて寝かせていた生地が硬くなって、よく冷えてから、小鳥遊さんがお店から持ってきてくれた向日葵の形をした型で、サクサクと抜いていった。

型を抜く作業は楽しい。クッキーを作ってるって気分になる。

ふと見ると、日暮さんも慣れた手つきで作業をしていた。普段あまり気にしていなかったけれど、日暮さんの指は長くて綺麗だ。

「日暮さん、楽器は弾かれないんですか？」

「え？　僕は音楽はあまり。なぜですか？」

彼は私の質問に、不思議そうに首を傾げて見せた。

「あ、手が大きいから。ピアノは手が大きいと、それだけ弾ける曲が増えるから」

「なるほど、そうでしたか」

そこで会話が途切れた。

日暮さんはいつも物静かで、必要なことはちゃんと話してくれるし、無表情って訳でもないけれど、なんとなくとっつきにくいというか、はっきり言ってよくわからない人だ。

時花さんは明るく表情豊かで、気軽に話せて、お店や時守《ときもり》のことを教えてくれる。

でも、日暮さんとは何を話せば良いかがわからない。

こうやって頑張って話を振っても、あんまり膨らまない。

接客業なのにそれで大丈夫なのかな？　と余計な心配をしてしまうけれど、代わりにお客さんの相手をしてくれるモカもいるし、タセットはそもそも静かなお店だから、必要最低限の会話で十分なのかもしれない。

そうこうしているうちに、クッキーが焼き上がった。

タセットの店内まで甘いバターの香りが満ちて、時花さんが「いい香り！」と嬉しそうに笑った。

アイシングクッキーは、甘さを控えた綺麗な型抜きクッキーに、卵白から作ったメレンゲパウダーと粉糖《ふんとう》を合わせて練ったクリームの『ロイヤルアイシング』を使って、様々な色に塗ったり、絵を描いたりしたものだ。

ロイヤルアイシングは生クリームとかと違って、乾燥すると固まるし、すぐに腐ったりしない。食紅を使って好きな色に変えられるから、上手な人は立体的なお花も作れるそうだけど、今回は初心者の私でも難しくないように、ココア生地のクッキーの上に黄色のアイシングを搾って真ん中に格子柄《こうしがら》を引くだけにしてくれた。

とはいえ、縁取り用と塗りつぶし用、二種類の柔らかさのアイシングを使い分けるのは十分難しかった。

手についたり、綺麗に広がらなかったり、糸のように引くといいと言われた縁取りも、すぐに変な所に垂れたりして、途切れてしまうし。

このままじゃ、プレゼントできるような仕上がりにならないかも……なんて最初は自信がなくなりそうだったけれど、四個目のクッキーからは慣れてきたのか、それなりのものになってきた。

「あれ、日暮さん、すごい上手」

私の横で、わんちゃんのアイシングクッキーを作っている日暮さんを見て、小鳥遊さんがびっくりしたような声を上げた。

「ほんとだ、すごい器用なんですね」

確かに一個目から、ほとんど小鳥遊さんのお手本通りにできている。彼ははにかむように微笑んだ。

「日暮君、プラモデルとかも好きだし、とにかくそういう手作業が楽しいのよね？」

そんな日暮さんを見て時花さんが笑うと、彼は「うん」と頷く。

時花さんは日暮さんのことをよく知っているし、日暮さんは時花さんのことがけっこう好きなんじゃないかと思うけれど、この二人の関係は本当に謎だ。

恋人でもない、友達とも少し違う不思議な関係に、私はいつもなんだかドキドキしてしまう。

「陽葵ちゃんも、とっても上手くなってきたね」

思わず手を止めて日暮さんのクッキーに見とれていると、小鳥遊さんが声を掛けてくれた。

「あ……えっと、力加減が難しかったんですけど、やっと少し慣れてきました」

「うんうん、上達早いねぇ！」

小鳥遊さんはどうやら褒め上手みたいだ。ちょっと大袈裟なくらい「ここのカーブが綺麗」だとか、「手の角度がいいね」って、とにかく褒められるところは全部総なめにするように褒めてくれるので、とてもこそばゆいけど嬉しかった。

本当は思った以上に私の指は動いてくれなくて、ある程度までは頑張れても、日暮さんや小鳥遊さんのように売り物にできそうなレベルにはなりそうになかった。

でも、そっちの方が私が作ったクッキーらしくて、いいような気もする。

あんまり上手だったら、お母さんに「だったらピアノも弾けるでしょ」なんて言われそうで怖いから。

どんな見た目だろうと味は変わらない。見栄えのいい数個を選んで、専用の機械に入れてしっかり乾くのを待つ間に、失敗作でお茶をすることにした。

お店のお客さんが増えてきたので、「ゆっくりしていってね」と言い残して時花さんと日暮さんはカウンターに立ち、私と小鳥遊さんはキッチンに残された。

改めて自分の作ったクッキーに舌鼓《したつづみ》を打つ。

まだ焼きたてだからか、サクサクというよりはほろほろで、芯《しん》の部分に少ししっとり腰がある独特の食感だった。そして甘くて、佳い香りがする。

「すごく美味しい……小鳥遊さんありがとう」

「どういたしまして。でもクッキー作るの初めてなんだ？　いままでお母さんや友達と作らなかった？」

「私……毎日ピアノばっかりだったから」

ピアノ以外のことは全部、お母さんにとっては『サボっている』ことだったし、放課後や休日に友達と遊んだ記憶はほとんどない。

「お母さんは妹の世話も忙しかったし……小鳥遊さんは家族でお菓子を作ったりしたの？」

「私？　うん……そうね、ちいさかった頃は母とよくクッキーを焼いたの」

「そうなんだ、素敵！　楽しかった？」

小鳥遊さんが言い淀《よど》んだので、気を遣わないで欲しくて私は笑顔で聞いた。

「うん。それがすっごい楽しかったの。だから自分だけでオーブンが使えるようになったら、私、一人でクッキーを焼いてたんだ……その頃にはもう母はいなかったから」

「じゃあ、大切な思い出だったんだ」

「ええ。母もお菓子作りが得意だったんだって。父や祖父母は面白くなさそうだったけど……それを聞いて、これが私と母の絆《きずな》なんだって思ったの」

きっと、お菓子作りはお母さん譲りの才能なの――照れくさそうに彼女は言った。たとえ一緒に生きていけなくても、確かに自分の中に母親の存在を感じたと。

「だから寂しくても乗り切れた。このオーブンの熱気とバターの甘い香りの中では、いつだって一人じゃなかったから」

私と逆だ。一緒にいようが、離れていようが、私の中にお母さんを感じたことなんてない。

だからって、彼女を羨《うらや》ましいと思うのも間違いな気がした。

「小鳥遊さんのお母さんとは、もう連絡は取れないの？」

「そうね……なかなかね」

「そうなんだ……」

小鳥遊さんはこんなにいい人なんだから、きっとお母さんだっていい人に違いない。

「小鳥遊さんは会いたくないの？」

私がそう言うと、彼女は少し俯いて、やがて首を横に振った。

「自業自得なんだ──私がね、母に酷いことをしちゃったの」

「酷いこと？」

「うん……でもまぁ、もう昔のことだから。さ、そんなことより、楽しい話をしようよ、ね？」

彼女は無理矢理に笑って、そう誤魔化すように言った。

甘いお菓子の香りの中では、優しくて楽しくて、わくわくすることを話す方がずっといい。

アイシングが乾くまでのひととき、タセットのキッチンで小鳥遊さんと他愛ないおしやべりをした。

ただ時間を潰すための会話だったけれど、話をすることに必ずしも意味なんて必要ないんだなって思った。

楽しければいい。楽譜もなしに、でたらめにピアノを弾くように。

私は今の私のままでもいいんだって認めてもらえたようで、安心が胸に広がる。

そんな素敵な時間をくれた小鳥遊さんと夕セットの二人に、私は心から感謝をした。

3

さっそくお父さんにクッキーを送った後、お母さんの分のクッキーを手に帰宅する。

玄関に入ったらすぐに、ミートソースの匂いがした。

自分の部屋に荷物を下ろしてから、クッキーを手にしてキッチンに向かうと、お母さんは夕食の支度をしていた。

我が家のミートソーススパゲティには、ミートボールとソーセージが入っている。

私はミートボールが好きで、妹はソーセージが好き。姉妹で喧嘩にならないように、両方入れてくれているのだ。

そのせいで、美味しいけどまとまりのない味になっている気がする。本当ならどっちも入れなくったって良いはずだから。

そんな風にお母さんの料理には、いつも余分な物がごちゃごちゃ入っている。

私達の好みや栄養を考えてそうなっているのはわかっているけど、いつもどこか、お母さんの愛は重い。

勿論、毎日ご飯を作ってくれているのに、文句を言うのは間違いだ。

だから母の日くらいはちゃんとお礼を言わなきゃいけないと思って、毎年ピアノを弾いてきた。

一番最初に弾いてあげたのは『子犬のワルツ』。そして、『黒鍵のエチュード』、『夜想曲第2番』――どれもお母さんの好きなショパンの曲。

お母さんの話では、私がお腹にいる時に聞いていたらしい。

でも、もうみんな弾けない。

その代わりに、今日は一生懸命クッキーを焼いた。

遅い母の日になってしまったけれど、このまま忘れたフリをしているのも、いつまでもチクチク気になりそうだから、今回はいいタイミングだったと思う。

おまけに日暮さんが、お手製のキャラメルソースを少しだけ持たせてくれた。

ミルクに溶かして飲むと、美味しいキャラメルミルクができるって。

お母さんに喜んでもらう準備は完璧だ。

今日のスパゲティも、ミートボールとソーセージの他に、ブロッコリーとしめじが入っていて、ミートソースというよりは具だくさんなトマトパスタのようだった。

妹の菜乃花《なのか》はしめじが嫌だって文句を言いながらも、結局ペロリと食べていた。

イギリスから帰って来て、久しぶりに一緒に暮らすようになった妹はずっとイライラしているように見える。反抗期なのだろうか。

相変わらず、食べたらすぐに自分の部屋に籠もる彼女を尻目に、私は洗い物を手伝った。

万が一手を切ったら困るからって、いまだにお皿拭きしかやらせてくれないけれど。

「……あ、あの、お母さん」

「うん？」

「お茶碗片付け終わったら、プレゼントしたいものがあるの」

「プレゼント？」

「うん。今年、引っ越しとかで、母の日のお祝いができなかったから」

「あら、本当に？」

カチャカチャと食器のたてる音と、泡のオレンジの香りの中で、お母さんが嬉しそうに笑ってくれた。

私もなんだかとっても嬉しくなった。夜になるとまだ少し空気がひんやりするから、ホットミルクにキャラメルを溶かして、マグカップを二つ用意する。

そうして、可愛らしくラッピングした向日葵のアイシングクッキーをお母さんに手渡した。

『お母さん、いつもありがとう』――と、月並みだけど心からの気持ちを込めて。

「これね、私、自分で作ったの――と、友達と。初めて作ったから、そんなに上手じゃないけれど……」

私はじっと、お母さんの言葉を待った。でも――。

「そんなことより、ピアノはどうしたの？」

「……え？」

「何度も言っているけれど、あなたが自分で弾けないって諦めてしまうのが一番駄目なのよ」

笑顔がみるみる消えたかと思うと、お母さんはクッキーをテーブルに置き、怒ったように言った。

「そ……そんなこと……」

「問題は全て陽葵の気持ちだと思うのよ。昔みたいに、いいえ、昔よりも頑張って、毎日きちんと努力をすれば、絶対にまた弾けるようになるわ」

「そんな……無理だよ。そうお医者さんだって――」

「お医者さんの言うことが全てじゃないでしょ！　陽葵自身の問題だって言っているの！　お医者さんがなんて言おうと、貴方が毎日必死に努力さえすれば、絶対に弾けるようになるわ！」

そう言ってお母さんは、戦争で右腕を失った、オーストリアのピアニスト、パウル・ヴィトゲンシュタインの話を始めた。片腕を失っても、けっして弾くのを諦めなかった偉人。

何度も何度も聞かされた話だ。

でも世の中に私以外にも山ほどいるであろう、それぞれの事情で弾くのを諦めた音楽家達。彼らはみんな、努力さえすればまた音楽の世界に戻ってこられたと言うんだろうか？

諦める人、悩む人、違う方法を選ぶ人——みんな努力の足りない人だなんて言うんだろうか？

「わ……私は私だよ、お母さん」

「そうよ。あなたの努力は、あなた自身にしかできないの。いい？　私が欲しいのはそんなお菓子なんかじゃなくて、貴方のショパンなの。わかってるでしょう？　お願いだから、自分やお母さんを誤魔化さないで」

別に誤魔化してる訳じゃないのに。お母さんは怒ったようにリビングを出て行ってしまった。

テーブルのキャラメルミルクもクッキーも、手をつけずに残されたまま。

私が一生懸命焼いたクッキー。小鳥遊さんが教えてくれたクッキー。

これは全部、お母さんにとっては『誤魔化し』で私が努力を怠《おこた》っている証拠に見えるんだろう。

「………」

たとえ一緒にいても、全然わかってくれない人もいる――そんな人のために、私はクッキーを焼いたの？

こみ上げてきた衝動を我慢することができなくて、私はクッキーをゴミ箱に放りこんだ。

あんまり勢いよく投げつけたので、プラスティックのゴミ箱が怒ったみたいにガタンと震える。

それから逃げるように部屋に戻り、声を殺して泣いた。

お母さんにも妹にも、泣いているのを知られるのが嫌だったから。

4

翌日の月曜日は、朝から頭が重かった。

泣きすぎて腫《は》れぼったくなった目で学校に行ったので、クラスメートに心配されてしまった。感動系の映画を観たんだって誤魔化した。恥ずかしくて死んじゃいそうだ。

いつもはちょっと怖い千歳君まで私を気にしてくれたみたいで、「泣く時は、目をこすらない方が良いんだぜ」と、教えてくれた。

手でごしごしこすってしまうと、余計に腫れやすくなるんだって。

涙なんて無縁そうな千歳君が、そんなことを知っているのに驚いたけれど、次に泣く時はこすらないようにしてみよう——泣きたくなんかないけれど。

散々泣いてすっきりしたのか、授業中の私は落ち着いていた。

けれど放課後が近づくにつれて、昨日のことが思い出されて気分が沈んでいった。

またあの家に帰らなきゃいけないんだ……。

お母さんに言われたこと、受け取ってくれなかったクッキー——今朝、思い直して拾おうと思ったら、お母さんが既に燃えるゴミを収集に出してしまっていて、ゴミ箱はからっぽだった。

せっかく一緒に作ったお菓子を食べずに捨ててしまった罪悪感で胸が痛む。

タセットの二人や、何より作り方を教えてくれた小鳥遊さんに申し訳ない。

勿論、本当のことなんて言わないで、お母さんに喜んでもらえたと嘘をつけば良いかもしれないけれど、上手に嘘をつける自信がない。

それなら素直に謝った方がまだましな気がする。

放課後、すぐに自転車に跨がってタセットに向けて走った。

空は重たそうな灰色だった。二十分くらい走ったところで、急にポツポツ大粒の雨が降りだした。どうしよう、今さら引き返すのも大変だ。

アスファルトが水玉模様で塗りつぶされていく。途端、ゴロゴロと雷が鳴り響いた。

驚いてすくみ上がっている場合じゃない。地面まで揺らすような振動の後、肌にぶつかって痛いくらいの雨粒が容赦なく襲いかかってきた。

「う、ううう……」

そのうち、風も強くなってきた。タセットまであと少しなのに。

少しでも雨風をしのげる所を探して普段と違う道を走っていた私の目に、見覚えのある看板が飛び込んできた。

この前、小鳥遊さんがタセットに持ってきていたお店のチラシとロゴが同じだ。フランス語で店名が書かれているので、なんて発音するかはわからないけれど。

あんまり雨が酷いので、せめて雨脚が落ち着くまで軒先を借りよう……とお店に向かうと、丁度強風で暴れているのぼりをしまうために小鳥遊さんがお店から出てきた。

「あら！　陽葵ちゃん、大丈夫なの⁉」

「あ……ちょっと、突然降ってきたから……」

ずぶ濡れな私を心配した小鳥遊さんが、店で雨宿りしていく？　と聞いてくれたけど、イートイン席があるわけでもない店内に、ずぶ濡れでお邪魔するのはさすがに気が引ける。それに小鳥遊さんを前にして、それどころではない。

「あ、あの……それより私……小鳥遊さんに謝らなきゃ……」

「謝る？」

怪訝そうに彼女は眉を顰めた。

「うん……ごめんなさい。私、クッキー……お母さんに渡せなかった」

雨なのか、涙なのか。頬を流れる水滴は、自分でもどっちなのかわからない。それを何度も手の甲で拭いながら——千歳君に言われたのに——私はそう伝えた。

小鳥遊さんは何か言おうと口を開きかけて、でもすぐに閉じて頷いた。

「そっか……うん。わかった。大丈夫だよ」

ね？ と彼女が私の顔を優しくのぞき込んだので、私の顔は更に土砂降りのようになった。

小鳥遊さんはいい人だ。

いい人で、とっても優しくて——こういう人が幸せになれない世の中なんて間違ってる。

「やっぱり小鳥遊さんは、お母さんと連絡とらなきゃ駄目だよ……」

「え……？」

「小鳥遊さんは会いたいんでしょ？ 一緒にクッキー焼いてくれたお母さんなんでしょ？」

小鳥遊さんのお母さんだったら、きっと娘が焼いたクッキーを嬉しそうに食べただろう。見向きもせず、そのままゴミに出してしまうような、そういう人なんかじゃなかったはずだ。

「小鳥遊さんのお母さんだってきっと会いたいって思ってるよ。このままじゃない方がいいよ！　大好きなら……お母さんだって小鳥遊さんのこと大好きなら、絶対そうした方がいいよ！」

びしょ濡れで泣きながら訴える私は、きっと普通には見えなかっただろう。

小鳥遊さんは困惑しているみたいだった。

だけど説明のしようがない。『やり直し』のことは。あの『4分33秒』のことは。

「『自業自得』ってどういうこと？　後悔してるなら、やり直したいことだってあるでしょ？　ねえ、タセットでお母さんのお話、聞かせて。小鳥遊さん！　お願いだから」

突然、よく知らない子供に泣きながらこんなことを言われて、困らない人はいないのはわかってる。

それでも私は小鳥遊さんにだけは、『お母さん』と仲直りして欲しかった。

私には……きっともう無理だから。

小鳥遊さんは厄介《やっかい》な子と知り合ってしまったな……って、後悔しているかもしれない。

やがて泣きじゃくる私に根負けしたように、溜息をついて「わかったわ」と言ってくれた。

「でも……そんないい話じゃないんだよ？」

そう念押ししたものの、覚悟を決めてくれたみたいだ。

彼女は「風邪をひかないように」って、白い小鳥柄の可愛いフリースを用意し、シートが濡れてしまうのも構わずに車でタセットに向かってくれた。

小鳥遊さんの車の中は、バニラビーンズの甘くて優しいにおいがした。

私の姿に驚いたタセットの二人は、お店の一番奥の角、薪《まき》ストーブの横にあるソファ席に、フカフカのタオルをいっぱい敷いて、ストーブに火を入れてくれた。

私の気持ちのせいか、タセットの店内はいつもより薄暗く感じた。お客は私達しかいなかった。

窓から見えるガラスのピラミッドも、今日は灰色に霞《かす》んでいる。

お店の外では、雨が断続的に強くなったり、弱くなったりを繰り返しながら、窓や屋根を叩いていた。

音楽の流れていないタセットの店内には、雨音と薪の燃える音だけが響いていて、私は心の嵐が少しずつ穏やかになっていくのを感じた。

小鳥遊さんは『本日のブレンドコーヒー』を頼んだ。ブラックで。

私は今日はキャラメルラテじゃなく、温かいカフェオレにした。いつもより苦くていい。そんな気分だったから。

だけど時花さんが用意してくれたのは、あったかくてきめの細かいスチームミルクに山盛りの生クリーム、更にチョコレートソースをたっぷりかけた――時花さん曰く、名付けて『陽葵スペシャル』。

珈琲も苦みの多いエスプレッソじゃなくて、香りの良いレギュラー珈琲にしてくれたらしい。

一口飲んでその甘さにほっとした。私はやっぱり、苦いのは嫌だ。

カチャカチャという微かな食器の音や、パチパチと燃える木の爆《は》ぜる音。

タンタンタンというリズミカルな雨音に耳を傾けていると「寂しいね」と、小鳥遊さんが呟いた。

「寂しい？」

「ええ、雨の音って、寂しくて、心も体も寒くならない？」

「ああ……確かにショパンの雨だれも、綺麗だけれど少し寂しいです……でも、ラ♭で表現された雨音は嫌いじゃないかな」

今日みたいな、酷い雨は嫌だけど——と、私は苦笑いして答えた。

むしろ今日はソとソ#とラの不協和音だ。

「ラで？　……あ、そうだ。どうしてコンサートとかの楽器の音合わせって、ラの音でするの？」

「あ……ラは、Aだから。ピアノの鍵盤もラから始まるし、国際的にAの音を基準音にするって決まってるの」

「A？」

「えーと、ずっと昔、ギリシャの楽器の一番低い音がラだったから、ラがAで、音階はラから始まるんだって聞いたことがあるけれど……」

「へぇ、ドじゃないんだ」

「ABCDEFG——ラシドレミファソになるの」

「じゃあ、ショパンの雨音もAの音っていうこと？」

「ううん。ラ♭は、ラより半音下かな」

「そっか……じゃあ、スタートの半歩前ってことか」

小鳥遊さんはなるほど、と頷いた後、庭を濡らす雨を見た。

「……確かに私もスタートの半歩前は雨だったわ。冷たい雨の降る日、お母さんがオーブンの横で泣いているのを見たの」

小鳥遊さんが切りだした。

私は小鳥遊さんの声に耳を傾けながら目を閉じて、無意識に雨音の中からラ♭の音を探していた。

5

「育ててもらって言うのもどうかって思うけど、私の父さんと祖父ちゃん祖母ちゃんは、ちょっとなんていうか……今で言う所の『モラ夫』と『モラ義実家』でね。母にとっては本当に最低な相手だったの」

ブラックのまま珈琲を一口啜って、小鳥遊さんは苦笑いで言った。

特に小鳥遊さんが大人になって、実家を離れてからはよくわかった。小鳥遊さんのお父さんは、暴力こそ振るってなかったけれど、精神的にお母さんを傷つけていた。

『お前は何にもできない』『頭が悪いから理解できないんだ』――なんて、酷いことを平気で言って妻を貶《おとし》める――それが彼女の父親だったのだ。

お母さんはずっと、小鳥遊さんのこともあって我慢していた。

万が一お父さんが激昂《げきこう》して、意地悪な言葉が直接の暴力に変わり、自分や娘に振りかざされるのを恐れていたのだった。

「父さんはお母さんを自由にしたくなかったからか、働きに出るのを許さなかったの。だけどそのうち家計が厳しくなってきて、結局週何回か、お母さんもパートに出るようになったんだって」

籠の中に小鳥を閉じ込めて、躾けることはできたとしても、その鳥を籠の外に放ってしまったらどうなるだろうか？　愛されず、傷つけられ、虐げられていた鳥は。

働き始めたその先で、お母さんは偶然懐かしい友人に出会った。

昔大好きだったというその人は、病気で妻を亡くして日が浅く、傷ついていた二人の心は自然に近づいた。

なによりも小鳥遊さんのお母さんは、これ以上夫に傷つけられたくなかった。

だから離婚を申し入れた。当然簡単に聞き届けてはもらえず、最終的にお父さんは小鳥遊さんの存在を盾に、お母さんを繋ぎ止めようとしたのだった。

「昼間、楽しそうに笑って一緒にクッキーを焼いたお母さんが、その日の夜キッチンで泣いていたの。まだバターの香りが残る中、もう冷めてしまったオーブンに寄りかかって。あんまり悲しそうで、私は声を掛けられなかった――そして翌朝お母さんは、私を置いて家を出て行くことを私に告げたの」

お母さんのあの慟哭《どうこく》は、まさしく自分を手放すことを選択した涙だったのだ。

「今ならはっきりわかるの。私のことを愛してくれていなかったら、母はあんなに苦しまなかっただろうって。それでも出て行かなきゃ自分を守れなかったことも――でも幼い私は、そんな母をすぐには許すことができなかった」

生きる為に自由を選んだお母さんのことを、お父さんは毎日のように罵った。

「当時私は、父さんや祖母ちゃんから、お母さんは私を棄てたんだって聞かされてたの」

実際には愛娘《まなむすめ》の存在と、自分の尊厳や安全で平穏な生活を秤《はかり》にかけさせたのは、他でもない父親達で、母親が自ら望んだことではなかった――そのことに気がついたのは、小鳥遊さんが成人してから。

子供の頃はその耐えがたい悲しみ、募る想いや愛情が、そのまま怒りに姿を変えてしまった。

お母さんが大好きだったから悲しい。

だからこそ、許せなかった——小鳥遊さんのそんな気持ちが、私にはわかるような気がした。

受け取ってもらえなかったクッキーが可哀相で——私が可哀相で、悲しくて堪らなかったのだ。思わずぎゅっと握った、手の疵《きず》が痛んだ。

「お母さんと最後に会ったのは、それから四ヶ月後の私の誕生日で——結局、全部父の思惑通りだったの。その頃にはもう、母は『愛する人』から『憎らしい人』に変わっていた」

ようやく再会を許されて、お母さんはとても喜んでいたのだろう。

場所は大通公園の、黒くて丸い滑り台近く。

でもせっかく会えるというのに、自分で捨てたくせに、気まぐれに会いたいだなんて！ と、小鳥遊さんの心はねじくれていた。

「実際は、お母さんがどんなに会いたいと言っても、父が絶対に会わせてくれなかっただけなの。祖母の監視もあったし。小学校やご近所にも、母が外に男を作り、子供を置いて出て行ったって広めていたから、こっそり会いに来ることもできなかった」

本当のことを知るには、小鳥遊さんはまだ幼かった。

お誕生日を迎え、渋々お父さんに手を引かれて大通公園へ向かうと、可愛らしいアイシングクッキーと、小鳥のぬいぐるみを手にお母さんはやってきた。

お母さんは泣きながら、小鳥遊さんの身長が伸びていることを喜んだけれど、そんなの当たり前なのにと、小鳥遊さんは母の言動の全てに腹が立つのを覚えた。

――自分で棄てたくせに。他の人が良いって、いらないものと一緒に家に残して棄てていった癖に……。

「悔しくてたまらなかった。無責任に私を見て喜ぶ母のことが許せなくて……だから私はこれ見よがしに、もらったクッキーとぬいぐるみを公園のゴミ箱に棄てたの」

「あ……」

クッキーをゴミ箱に――その言葉が、私の胸にズキンと刺さった。

「今でも覚えてる。大通公園の滑り台の前で、お母さんは怒っている私を悲しそうに見つめてた」

今すぐ駆け寄って抱きしめて欲しいのと同じくらい強く、小鳥遊さんは彼女を傷つけたいと思った。

そうすることで自分が間違っていたのだと気付いた母に、家に帰って来て欲しかったのだ――でも、お母さんはそうはしてくれなかった。

悲しい顔をしたまま何も言わないで、彼女は小鳥遊さんとお父さんが公園から立ち去るのを、ただじっと、声もなく見つめるだけだった……。

「わかるでしょ？　私はあの時、クッキーと一緒に母を棄ててしまったの。お母さんが私を棄てたんじゃなく、私が、私自身が」

小鳥遊さんは悲しげに絞り出した。悔しさの色を滲ませながら。

それからお母さんはもう二度と、小鳥遊さんに連絡をしてこなかった。もしかしたら連絡があったのに、お父さんが取り次がなかったのかもしれない。

「それじゃあ仕方ないよ……お父さんも、それにお母さんだって自分勝手だよ」

お父さんは勿論酷いけれど、そんな人のところに娘を残して出て行ったお母さんが、全く悪くないとは思えなかった。

「そうじゃないの……たとえ親だってね、自分を傷つけて、苦しめるような人と暮らさなきゃいけないなんてことはないと思う……少なくとも父さんは、お母さんを不幸にしかしなかった」

「でも――」

だったら小さな小鳥遊さんを誰が守るの？　言い返そうとした私に、小鳥遊さんは首を横に振った。

「違うのよ。お母さんは多分私を迎えに来るつもりだったのに、それを拒んだのは私の方なのよ」

母にとっては横暴な夫と姑《しゅうとめ》であっても、少なくとも姑が孫を愛しているのは確かだった。

母親としてその愛情のかけ方に不満がないと言えば嘘にはなるが、娘の身の安全は期待できた。逆に自分の新しい生活が必ずしも安定したものになるとは限らない。

お母さんは、お父さんとのことがあって、結婚については慎重になっていたはずだ。母の慎重な気持ちが、余計に娘との間に距離を作ったのだと、小鳥遊さんは濡れた瞳で私に説明してくれた。

「それなら――」

小鳥遊さんが、自業自得だって自分だけを責めるのはおかしい。

私が口を開きかけた時、視線の先で時花さんが、ゆっくり寂しげに首を横に振った。

なんで言っちゃいけないの？　そう思いながらも飲み込んだ言葉は、カフェオレよりずっと苦い。

小鳥遊さんはもっと苦いはずだ。それなのに苦い珈琲を飲むことをやめない小鳥遊さんが理解できない。

「一番のきっかけをご自身で作ったと、そう思われているんですね」

私の気持ちに答えをくれるように、日暮さんが言った。

「そうね……私はあの時お母さんのことが大嫌いで、そして同じくらいに大好きだったの。だからクッキーを棄てたことを、すぐに後悔して――でも父さんが強く手を引っ張って、拾いに戻るのを許してくれなくて……」

まるでその時の痕が今も肌に残っているように、小鳥遊さんは手首を見下ろした。

その状況を作ったのは大人達でも、選んで、きっかけを作ったのは自分――小鳥遊さんはそう呟いて、自分の顔を覆った。

「愛おしい人を思い続けるのは苦しいのよ。きっとそれは母も――私も同じ。だから忘れて生きることにしたの」

愛おしいからこそ悔いを、想いを残したままでは生きられなかった。

「だけどもしあの時に戻れるなら、私は絶対にクッキーを棄てたりしない。母を抱きしめて、その手を、心を離したりなんてしないのに……」

いつのまにか、窓の向こうはしとしとと細い霧雨に変わっていた。

聞こえるのはストーブの音と、小鳥遊さんのすすり泣く声だけ。

あんまり静かで悲しい音の中、私は今すぐ変えたかった。この悲しい時間を。

「……珈琲、もう一杯いかがですか？　小鳥遊さん」

その時、時花さんが優しい声で尋ねた。

「え？」

「一杯、ご馳走させていただきたい珈琲があるんです」

「私に、ですか？」

「ええ。フレンチプレスなので、少し時間がかかるんですが」

「時間は……気にしないわ。こんな顔じゃ店になんて戻れないし」

小鳥遊さんは顔を上げ、ぎゅっと涙を手の甲で拭って、無理矢理笑った。

その自虐的な笑顔に、時花さんは控えめに微笑みを返してから、「少しだけ夢を見ませんか？」と、小鳥遊さんを誘うように言った。謳《うた》うように。

「この珈琲ができあがる間だけ、想像してみて下さい――『あの時に戻れたら』と。お母様とお別れした時間に戻って、4分33秒の間だけやり直せる……そんな夢を」

プレス器にゆっくりお湯が注がれる。

珈琲の香りがふんわりと広がり、こぽこぽというお湯の音、そして時計の音が遠く響き出す。

「さあ――目を閉じて。夢を見て下さい……短い夢を」

6

耳の奥に響く時計の音。

それが遠くなると、かわりに子供達の笑い声が聞こえてきた。

目を開けると、空に刺さるようなテレビ塔がまっすぐ少し遠くに見えた。

大通公園だ。

慌てて振り返ると、黒い筒状のモニュメントと、大きな滑り台なんかで楽しそうに遊ぶ子供達の姿がある。

セピア色の世界は桜やライラックの時期を過ぎ、ベンチに木漏れ日を落としていた。

「もう諦めろ志麻《しま》。永愛《えな》もお前とはもう二度と会いたくないって言ってるんだ‼」

優しい木々と子供達の笑い声が響く幸せな世界に、不意にそんな怒声が響いた。

その前で小鳥遊さんに面差《おもざ》しのよく似た女の人が、今にも泣きそうな顔で立っていた。

「棄てろ、永愛！」

また男の人が怒鳴ると、怯えたように小鳥が飛び立って逃げた。

「そんなもの棄てちまえ！　ほら！　自分で棄てろ！　あんな女のプレゼントなんてゴミと同じだ！」

男の人は、今度は自分の横に立つ小さな女の子に向かって叫んでいる。小鳥と違って女の子は逃げられない。

女の子は泣いていた。それを見ている女の人も。

「永愛！」

更に強い声で男の人が促した。ううん、命令した。びくんと驚いたように身体を竦ませた女の子が、慌ててゴミ箱に包みを放り込む。

「ああ……」

女の人が悲しげに呻《うめ》いた。

女の子も涙で顔をくしゃくしゃにしている。

その顔には小鳥遊さんの面影があった。さっき、私の前で泣き笑いした彼女の。

「わかっただろう？　もう二度とこの子の前に現れるな」

男の人が、勝ち誇ったように笑った。

お母さんのプレゼントは小鳥遊さんが棄てたんじゃない、お父さんが棄てさせたんだ！　やっぱり小鳥遊さんは悪くなんかない！

「さあ永愛！」

「でも……」

「この女は娘のお前より男の方が大事な最低な女なんだ、わかってるだろ！」

雲ひとつ無い空に響く汚い言葉。それを聞いて女の子――小さな小鳥遊さんの両目からぼろりと涙が溢れ、彼女の唇が、『おかあさん』と動いたのがはっきりと見えた。

「永愛……」

お母さんが、すがるように手を伸ばした。

「ほら！　もう行くぞ！」

そんな二人を引き裂くように、お父さんが小鳥遊さんの腕を乱暴に掴んで引っ張っていこうとする。

「そんな……」

思わず私の唇から焦りが声となって洩れた。

このままじゃ小鳥遊さんの過去は変えられない。

幸恵さんの時と同じで、何も変わらないままになっちゃう！

彼女は怖いのだ。

父親に逆らうことができないのだ。自分の記憶を書き換えてしまうほど、この人のことが怖いんだ。でも、このままじゃ……このままじゃ！

「待って！」

気がついたら、私は叫んで飛び出していた。

「陽葵ちゃん！」

後ろで時花さんの声が聞こえたけれど、私は止まらなかった。いや、止められなかった。

残り時間はほんの僅《わず》かなんだから。一回きりのチャンスなんだから！

私はまっすぐゴミ箱まで走った──絶対に棄てさせない。小鳥遊さんには。

「あの！　これ！　忘れてます！」

私は棄てられた包みをしっかりと拾い上げ、小鳥遊さんのところまで走った。

「なんだ？　それはゴミで──」

「いいえ！　お嬢さんの大事な物ですよね⁉」

お父さんが言いかけるのを、更に大きな声でかき消してやった。

乱暴そうなお父さんは一見恐ろしげだったけれど、私にはそうでもなかった。

だって小さい頃から、もっと怖い先生に指導を受けてたんだから。

身体も大きくて、言葉も上手く伝わらない先生に叱られたことだって何度もあった。それにくらべれば、小鳥遊さんのお父さんは身体もそんなに大きくなくて、なんだか貧相だし、ちっとも怖くなんかない。

睨み付けられても睨み返してやった。

そんな私に、お父さんが一瞬怯むように言葉を失う。その隙に、私は小鳥遊さんに包みを渡し、しっかりと両手で握らせた。

「これは大事な物なんでしょう？　絶対に手放しちゃダメだよ。お母さんとあなたの絆なんだから」

小鳥遊さんは混乱したように瞬きをした。

前に時花さんが言っていた。過去に戻った時、人はしばしば混乱してしまうんだって。過去と未来の記憶や感情が入り交じる中で、自分を保てる人は多くない。

「あ……ありがとう」

でも小鳥遊さんは私を見て、自分のやりたかったこと、選びたかった未来を思い出した——多分。

その証拠に彼女は私に深く頷くと、まっすぐお母さんに向かって走り出した。

「お母さん！」

「永愛！」

駆け寄ってきた小鳥遊さんを、お母さんは抱きしめた。

堅く、強く、しっかりと。

「お母さん！　私、私大丈夫だから！」

小鳥遊さんが、お母さんの目を見てきっぱりと言った。

「永愛……」

「別々でも大丈夫だよ。それでも私、お母さんのことずっと大好きだから。絶対に忘れたりしないから。愛してるよ。だから幸せになっていいんだよ！　安全な所で、お母さんを本当に大切にしてくれる人の所で……だから、必ず私を迎えに来てね。いつまでも待ってるから」

「必ず迎えに行くわ。絶対に」

二人がしっかりと指切りをした瞬間、世界がぐらりと歪んだ。

時計の音が響いて、私を未来へ連れ戻す。

4分33秒後の世界へ。

7

目を覚ますと、そこはタセットのソファ席だった。

ぱちぱちと薪ストーブの火が爆ぜ、珈琲の香りが漂っている。

「……………」

顔を上げると、時花さんが少し怖い顔をして、止まった古時計の前に立っていた。

「時花さん？」

店内を見回すと、小鳥遊さんの姿はなく、ソファ席にいるのは私一人だ。

「小鳥遊さん……いない。どうなっちゃったの？」

急に不安になって、時花さんを見た。彼女はなんだか怒ったように首を横に振った。

「わかりません」

「……なんで？」

何か間違ったことをしてしまっただろうかと思わず日暮さんを見ると、彼は困ったように眉間に皺を寄せ、視線を落とした。

なんで？　どうして？　私、小鳥遊さんのことをちゃんと助けてあげたはずなのに。

「助けられなかったの？　もしかして、小鳥遊さんはそれでもやっぱり――」

「変わった未来のことを、私達が知る方法は多くありません」

時花さんが遮るように言った。

そうだ。だから時花さんは杉浦さんが新しい未来でどうなったのか知らなかった。

「ということは未来は変えられたんだね。だったら、なんで？」

どうして怒っているの？　そんな私に、時花さんは深く溜息を洩らした。

「陽葵ちゃん。確かに私達は時間をほんの少しだけ操ることができます。でもそれだけです、私達は先導するだけ」

「え？」

「進む道を決めるのは本人であるべきです。私達は過去の時間に介入し、操作するべきではありません」

時花さんは小鳥遊さんの過去で、私が彼女に包みを渡したことを責めているんだ。

「で、でも！　戻れるのは一回だけなんでしょ⁉　また……小鳥遊さんまで、未来を変えられなかったら……あのままだったら！」

幸恵さんは、せっかくの機会を無駄にしてしまった。小鳥遊さんもそうなる所だった。

「それでも、です。力を与えられた私達が他の人の運命を変えるべきじゃありません」

「だけど！」

その時、カロン、カロンと、ドアベルが鳴った。

「いらっしゃい」

いつものように日暮さんがお客様を迎える。

「あ……」

私は思わず、声を失った。

「すみません、来月この近くにお菓子屋をオープンするんですが、ショップカードを置かせていただけませんか？」

畳んだ傘の水滴が店内を濡らさないように、慎重に傘立てに傘を差しながら、来店した女性が言った。

その人は他でもなく、小鳥遊さんだった。

「お菓子屋さん、ですか？」

まるで初めて会うようなよそよそしさで、日暮さんが言った——新しい未来で、私達はまだ出会っていないから。

「はい。焼き菓子中心の店なんです。モエレでお散歩するのにぴったりなセットとか考えています」

そう言って、トートバッグから彼女が差し出してきたショップカードとチラシ。

そこには白い二羽の小鳥が寄り添う可愛いイラストと、『シマエナガ』と店名が書かれている。

「……可愛いお店ですね」

日暮さんが言った。

それを聞いて、小鳥遊さんがにっこり笑った。

「私、名前が永愛なんですけど、一緒に店をやる母の名前が志麻なんです」

「なるほど……シマさんとエナさんのお店なんですね」

それを聞いた途端、私の両目からぶわっと涙が溢れ出す。

そんな私を見て、仕方ないというように時花さんは短く息を吐き、私の頭をくしゃっとひと撫でした。

「お菓子屋さんなんて嬉しいわ。丁度珈琲が入った所なんですが、お近づきの印に一杯ご馳走させて下さいな」

時花さんが言いながら、フレンチプレス片手にカウンターに向かう。

「え？　いいんですか？」

「ええ。是非！　せっかくだからオープン記念に、コラボでシマエナガさん専用ブレンド珈琲とかいかがですか？　うちでもお茶請けに焼き菓子を置かせていただけたら、お店の宣伝にもなりません？」

ほら、珈琲と美味しいお菓子は恋人みたいなものですから――と、時花さんはすっかり気持ちを切り替えたように商売の話をし始める。

私は驚きながら、時花さん達はこれまでもこうやって、4分33秒でがらっと変わってしまう未来と一緒に生きてきたんだろうと改めて思った。

「…………」

初めて会った時と同じように、珈琲を囲んで、熱心に話をする小鳥遊さんと時花さんを見る。

その髪に挿さった簪に、可愛い小鳥が二羽揺れているのを見て私は微笑んだ。

時花さんには怒られてしまったけれど、それでも過去を変えて良かった――私は小鳥遊さんの晴れ晴れとした横顔を見ながら、強くそう思ったのだった。

四杯目

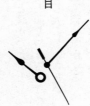

月と円舞曲《ワルツ》を

1

帯広の夏はうんと暑かった。

あの真っ青な空と照りつけるような日差し、ジリジリと熱に灼かれるような夏に比べ、札幌の夏はもう少し大人しいらしい。

心なしか空の色も淡い気がする。

六月の半ば、天気予報では真夏日になると聞いていたけれど、空は濃い青というよりは鮮やかな水色で、朝の空気は気持ちがいい。

あんなに行くのが怖かった中学校だったけれど、今はそんなに嫌じゃない。

けれど……楽しいかと言えば、それはどうかわからない。

クラスメートは優しいと思う。虐められたりなんてしていないし。

だけど学校に友達が――特別な友達がいるかって言われると、多分NOだ。

勿論、どの子も話しかければ普通に答えてくれるし、仲間に入れてくれるけれど、当たり前のように毎日を一緒に過ごしてくれる子はいない。

元々そんなにいっぱい友達を作れるタイプじゃないけれど、それでも小学校の頃は、クラスに一人二人は、中休みやお昼休みを一緒に過ごせる子がいたのに。

既に仲が良くなっている人達の間に無理やり入っていけるほど、私は社交的じゃない。

時花《はやり》さんは、『二年生になって、クラス替えすれば大丈夫よ』なんて気の長いことを言っていたけれど、まだ一年生だって始まったばっかりなのに……。

そしてそのぼんやりとした不安や寂しさは、夏の匂いがし始めた六月、教室での体育の授業の終わりに、くっきりと形になった。

「――なので、各自ペアを組んでテーマを決めて、作ったダンスを発表してもらいます。男子も女子も、来週の頭までにパートナーを決めて下さい」

無情にも先生はそう言って授業を締めくくり、教室を後にする。

「う……」

私は配られたプリントを見て、飲み込みきれないほど大きな溜息を洩らしてしまった。

体育の実技は男女別で隣のクラスと合同で受けることが多い。

そんな実技の授業の創作ダンス。

運動があまり得意じゃない私には『創作ダンス』だけでも憂鬱なのに、そのうえ『ペアを組んで』だなんて。

せめて三人だとか、四人だったらいいのに。もしくは一人――一人は恥ずかしいか。

いや、このままだと一人で踊ることになってしまうんじゃないだろうか。

とにかく相手を決めないと。

私は胸がザワザワするのを覚えながら、教室内を見回した。

みんな我先にと目当ての子の方に向かう中、私はひとりぼっちだった。

「…………」

クラスで一番仲が良い山根さんは、いつも一緒の谷さんと話をしている。当たり前だ。

せめて及川さんのクラスと合同だったら良かった。

同じクラスの人とも馴染んでいないのに、隣のクラスの人なんかもっとわからない。

クラス内でパートナー探しに動いていない人もいるけれど、そういうのは隣のクラスに仲がいい人がいる子だ。

例えば斜め前の席のメガネをかけた風見《かざみ》さん。彼女は隣のクラスに友達がいたはずだ。

後ろを向くと千歳君も動いていなかったけれど……彼はどうなのかわからない。千歳君が友達とはしゃいでいるのを見たことがないから、彼もきっと……。

とはいえペアは同性としか組めないし、男女で組めたとしても千歳君になんか声かけられない。

全くもう！　先生もなんでこんな意地悪な授業、考えるんだろう……。

「……うん？」

でもふと気がついた。

生徒の数は決まってるし、待っていれば最終的に私ともう一人、誰か余るんじゃないだろうか？

無理に誰か探さないでも、その人を待てば良いのでは？　残り物には福があるって言うし。

私は冷静に考えて、深呼吸をひとつした。

大丈夫……待てばいいや。消極的な戦略だと自分でも思うけれど。

隣のクラスにデン！　と乗り込んでいって、よく知りもしない人達に片っ端から声をかけられるような揺るぎない心の持ち主だったら、こんな風に『パートナーをどうしよう』だなんて、そもそも悩んでいない。

果報は寝て待とう、焦らずに。

それで一人になってしまったら――その時はとても悲しいと思うけど、そもそも人数が足りないのにペアになれなんて言う先生が悪い。そういう状況だったら、きっと特別に三人でって、山根さんと谷さんのペアに混ぜてもらえるだろう。

優しい二人なら、駄目なんて言わないはずだ。

大丈夫、大丈夫。計画は完璧。

私はそう開き直って、プリントをしまった。

まあ……この状況に心が凹まないと言えば嘘になるけれど、今日は幸い職員会議だかなんだかで、お昼を食べたらそのまま下校だ。

帰ったらいつものようにタセットに行こう。

家族でも、友達でもない、同じ力を持つ者同士の秘密の繋がりが嬉しい。

まだ珈琲は美味しいと思えないけれど。

今日歴史の授業で、先生がちらっと珈琲の歴史について話していた。

日本で最初に珈琲を飲んだ人は、江戸時代のオランダ語の通訳者兼お医者さんが有力な候補なんだって。

珈琲の知識が増えれば、時花さんや日暮さんともっと話せるかもしれない。

そう考えた私はタセットに行く前に、図書館に寄ることにした。

家に帰ると、すぐにまた出て行こうとする私に、お母さんが難色を示した。

「が、学校の友達と、図書館で勉強する予定なの……」

そう言い訳すると、お母さんは半信半疑の表情だ。

私がそこまで社交的じゃないことをお母さんは知っている。でも、本当のことは言えないし……。

「勉強も良いけれど……そろそろピアノの練習もしないと駄目よ？」

私の行動を訝しみながらも、気になるのは交友関係よりもピアノのことみたいだ。

私は『はい』とも『いいえ』とも言えずに、黙って車庫から自転車を出し、家を出た。

夏の日差しがうなじをちりちりと焦がすように照っている。

風を切って走るのは気持ちがいい。

この前、時花さんがモエレ沼を自転車で走ると気持ちが良いんだって言っていた。レンタサイクルがあるんだって。

タセットに通うようになったのに、モエレ沼公園は横を通ったり、ガラスのピラミッドの先っぽを眺めるだけだったので、今度の休みの日にでも行ってみようかと思った。

そんな気分になるくらい、今日は良い天気。

あんまり暑すぎるのも嫌だけど、この太陽の光が体育の悩みを忘れさせてくれる……なんて考えて、改めて我に返った。

ああ……そうなんだよね。体育のこと、どうしよう……。

最後に残った一人と組めば良いだけだけど、その人に厭がられたり、私の苦手な人だったりするかもしれない。

私が選べるような立場じゃないのは、そりゃわかってるけれど……。

再び襲ってきた憂鬱に苛《さいな》まれながら自転車を降り、図書館の入り口をくぐろうとした、その時だった。


「………」

「あれ⁉　岬さん？」

玄関で、聞き慣れない声に振り返った。

「………………」

そこには見覚えのある女の子が一人、本を胸に抱きしめて立っていた。

「あ……ええと……風見……さん？」

声をかけてくれたのは、同じクラスの風見月子《つきこ》さんだ。

「良かった、認知されてないかと思っちゃった」

へへと彼女は笑った。クラスの女子の中でも、感じのいい人だと思っていた。でもこんな風に話すのは初めてだ。

「そんなことないよ……それ、綺麗な本」

何を話したら良いかわからず、私はとりあえず話題を振った。

実際風見さんの胸に抱かれている黒っぽいハードカバーの本は、真ん中に銀色の鏡が描かれていて、とっても素敵だったのだ。

「だよね。大好きなの、ミヒャエル・エンデ」

「『モモ』の？」

「そうそう、これは『鏡のなかの鏡』だけど……岬さんも本読むんだ？」

風見さんが少し前のめりに聞いてくる。

「あ……うん、嫌いじゃないよ」

本は手を傷めないという理由で、お母さんに禁止されていない数少ない娯楽だ。とはいえ、『ピアノをサボる』行為の一つでもあったから、あまり買ってもらえなかったけれど。

「じゃあ、ここにもよく借りに来るの？」

「ううん……前に一度お母さんと来ただけなの。でもこれからは、時々利用したいって思ってて……」

「それならここでまた会えるね。何借りに来たの？　それともエスケープ？」

「エスケープ？」

「そ、私の場合はね。ほら、出来の良い兄を持つと妹は困るのよ。双子は特に」

「双子なの？」

「あ、そっか。知らないか」

「え？　あ、うん……」

風見さんの話によると、彼女には双子のお兄さんがいて、どうやら成績優秀な人らしい。卒業式で代表として挨拶をしたりしていて、同じ小学校から進学している人ならみんな知っているんだって言った。

「しかもさ、うちはわりと仲良しファミリーだから、家族密度が高くって。たまにウザッ！　ってなる時があるから、そういう時ここに来るの」

初めて聞く言葉だ。でも言いたいことはわかるし、ちょっと羨ましい。ウザッ！　っていう気持ちも、なんとなくわかる。

「いちいち干渉されるのは、嫌だよね」

「そお！　それ！　私は私だもんね！　岬さんちもそんな感じ？」

「うちはお父さんとお母さん離婚してるし、お父さんは外国で仕事してて……妹ともあんまり仲が良くないけど……ただ干渉されたくないっていうのはよくわかるよ。お母さんはなんでも駄目っていうし、私の話は全然聞いてくれないし」

「ああ、言い返すとすぐ『あら！　反抗期？』とか笑って言われちゃうヤツ？　嫌なものは嫌なんだから馬鹿にするなって思うよね」

「うーん……まぁ、そういう感じかな……」

反抗期と馬鹿にされたことはないけれど、私が子供だからって聞き流されていると感じる時はある。

「親には感謝してるけどさ、時々『ちゃんと聞いてよ！』って時あるよね」

「うん……」

頷くと、風見さんは、「嫌だねー」って言って笑った。

しっかりしたフレームのメガネのせいか、制服姿の彼女にあまり活発そうな印象はない。学校では陰キャとまでは言わないけれど、あんまり目立つ人じゃなかった。

でも今の彼女は、薄手のパーカーにデニムパンツとショートボブの髪型が似合ってい
て、学校で見るより快活そうで、笑顔はとても親しみやすかった。

一瞬思った——彼女がダンスのパートナーだったらいいのになって。

でも彼女は昼休みとかには、隣のクラスの友達の所に行っているはずだ。きっとダン
スもその子と組むんだろう。

なんだか無性に寂しくなって、私は今すぐタセットに行きたくなった。

珈琲の本はいつだって探せるはずだ。早く『私がいていい場所』に逃げたい。

「……じゃあ、また、学校で」

そう話を切り上げて、図書館を立ち去ることにした。なのに。

「え？　も、もう⁉」

風見さんが驚いたように私を見て——そして私の手首をぎゅっと摑んだ。

「ど、どうしたの？」

さすがに私もびっくりして、立ち止まらないわけにはいかなかった。

「あ、あの！　岬さんもダンスのパートナー、もしかして決まってないんじゃないかと
思って！」

「え？」

「体育の授業の……山根さんは谷さんと組むでしょ？　岬さんは他に一緒にいる人、い
ないんじゃないかなって思ったんだけど……もしそうなら、私と組んで欲しかったの

「……」

風見さんの声は段々尻すぼみになっていった。

びっくりした。

風見さんから誘ってもらえるなんて。そんな都合の良いことあるかな？　いつだって神さまは、私に嫌なことばっかりするのに。

「……どうして？」

思わず警戒心も露わに聞いてしまったせいか、風見さんが不安げにまばたきした。

「……気を悪くした？」

「ううん。そうじゃないけど……風見さんは他にパートナーがいると思ってたから」

「ああ、圭《けい》のこと」

「うん」

圭——そうだ、ケイコさんとか確かそんな名前だった。

でも彼女は私の質問に答えあぐねるように黙ってしまった。

「無理に私とじゃなく、仲のいい人と組んだらいいと思うんだけど……」

「そうなんだけど……圭に断られたの、もう組む子決まっちゃったって」

「え？」

風見さんは、苦笑いを浮かべて、私に打ち明けてくれた。

「小学校から一緒だったんだけど、やーっぱさ、クラスが変わっちゃうとなかなか上手く行かなくなるもんだよね！　しょうがない、しょうがない」

仕方がないことだと頭では理解しているけれど、心まではそうじゃない……そう言っているような寂しげな笑顔だった。

「……そっか」

体育みたいに二クラス合同の授業もあるけれど、ほとんどの授業はクラスごとに行われる。

隣同士とはいえ、今のクラスに親しい人が増えていくことで、関係が変わってしまうのは当たり前だと思う。

新しい友達の方が優先になってしまうことも、悲しいけれどしょうがないことだ。

「あ、あの！　だからって、岬さんなら相手がいないだろうって思ったわけじゃなくて！」

「そう？」

風見さんが慌てて言ったので、私は苦笑いを返した。

「まだあんまり馴染めてないのは本当のことだから……」

「そうだけど、そうじゃなくて！　そういう消去法みたいなことじゃなくて、なんていうか私……ずっと岬さんと話したいなって思ってて、それで」

「私と？」

「うん」

それは……本当だったら、嬉しいけれど……。

「あ……嫌だった？」

「ううん。ただ……どうして私と？　って思って」

思わずまた苦笑いになってしまった。事情はわかったし、変に言い訳してくれなくても喜んでパートナーをお願いするのに。

「……私ね、帯広に親戚がいるの」

彼女は少し躊躇った後、ほっぺたをちょっと赤くして、私に言った。

「それでね……いつだったか親戚の家に遊びに行った時、お祭りか何かで、同い年の女の子がすごく上手なピアノを弾いてたのを見たんだ」

「え？　それって……」

「うん。すっごい上手で、私もピアノ弾きたいって思って、その後誕生日プレゼントに電子ピアノ買ってもらったの。光るヤツ！　……まあ、結局全然弾けなかったんだけど」

へへ、と風見さんが笑った。

「でも、岬さんが転校してきて、すぐにわかったの。『あの時のピアノの子だ！』って」

小さかった頃のことだし、正直どのお祭りなのかは思い出せない。

ピアノを弾けた頃の話をされると、胸の奥がちくちくと痛む。それでも、そんな風に私を覚えてくれたなんて言われるのは、すごく嬉しい。

嬉しいのと同じくらい、恥ずかしいけれど。

「そんな……言ってくれたら良かったのに」

「だって外国に住んでたり、TVにも出たりしてたって聞いてたから……そんな人に、私が話しかけたりしたら厭がられるかなって」

「そんなの！　留学だって、お母さんと先生に言われて渋々だったし、TVとかは本当に小さい頃、よくわからずに大人の言う通りにしていただけだから！」

もしかしたら私の手のことも気にしてくれていたのかもしれない——現に、風見さんは話しながら私の包帯をした左手を見ていた。

「本当に……迷惑じゃなかった？」

「うん。それにダンスのパートナーのことは私も困っていたの。最後に残った人と組むしかないなって……だから、本当に一緒に踊ってくれるなら、私も嬉しい」

そうなったらいいのにって、私だって思ったんだから。

「じゃ、じゃあ、今から時間ある⁉　近くのカフェかどっかで話そうよ！」

「え……？」

「用事とかあった？　私、今日はこの本を返しに来ただけなの」

突然の誘いにびっくりしたけれど……私も風見さんともう少し話がしたい。ダンスの打ち合わせだけじゃなくて。

「うん……そうしようか。もしちょっと遠くても——」

「どこにしよ？　岬さんも自転車？　アリオのフードコートとかがいいかな？　マックとかミスドもあるし」

だったらタセットに行かない？　と、言いかけたけれど、ポンポンと彼女に勢いよく提案されて、私は自分の言葉を飲み込んだ。

「あ……う、うん、そうだね」

それにタセットは、珈琲一杯で五百円とかしてしまう。

同級生と行って、私だけご馳走してもらう訳にもいかないだろうし、できればもっとお財布に優しいところがいい。

善は急げとばかりに、バタバタ猛スピードで本の返却を済ませた風見さんと一緒に図書館を出た。

お日様が眩しい。

まだ六月なのに、外は真夏のワクワクするような匂いがした。

2

市役所近くの大型ショッピングセンターに向かった私達は、活気のある二階のフードコートに腰を落ち着けた。

三時の小腹を満たすのは、少し重量のあるハンバーガーセット。

平日の午後で、お母さんと元気そうな子供がたくさんいるお陰か、少し並んで買ったフライドポテトは揚げたてカリカリ、舌がチリチリするほどアッツアツで美味しい。汗をかいたせいもあるのか、こんなに美味しいフライドポテトは初めてかも――もしかしたら、『クラスメート』と『二人だけ』で『フードコートでお茶』をしているからかもしれない。

飲み物は珈琲じゃなくて、甘くて酸っぱいオレンジジュース。

その飲みやすさと美味しさに、私はやっぱりタセットで少し背伸びしてるんだなって改めて思った。

風見さんは本当に私に興味を持ってくれてるみたいで、さっきからずっと質問攻めにあっている。それもなんだか嬉しかった。

「イギリスに留学してたんだよね？　もしかして英語ペラペラ？」

「ううん。日常会話も怪しいよ。寮生活だったし、サポートで日本人のスタッフさんがいたから、困った時は日本語で大丈夫だった。だから覚えたのは、ほとんど音楽用語だけなの」

授業で使われない言葉はよくわからないし、英語で会話をしていたというよりも、身振り手振りでなんとなく通じていたという方が正しいかもしれない……と伝えると、風見さんは私を馬鹿にするでなく、身を乗り出した。

「はー、すごい！　逆に生活してた感ある！」

聞き上手、褒め上手な風見さんは、私を眩しそうに見て手を叩いた。私は恥ずかしさに少し俯いたけれど、彼女の朗らかさに緊張感も解けていった。

「でも、本当にただただ毎日ピアノ弾いてただけだから」

「やっぱ音楽に国境はない？」

「うーん、そうでもないよ。ピアノはとくに体格とか重要だし。私は身体が小さくて、手や指も短いから、弾ける曲が少なかったの。ショパンでオクターヴの連続とか、体中で弾くからものすごいヘトヘトになっちゃうし」

「そか、全身運動になるってことか。岬さん、確かにギュッとコンパクトで可愛いもんね」

ギュッとコンパクト……それが神さまが私に優しくなかった理由の一つだ。どんなに頑張っても、身体のサイズは変えられない。

成長に合わせ身長や手足が伸びて、弾ける曲が増えていく子達を、いつも羨ましく見ていた。

「それに表現力かな……情感とか……私らしさ？」

「つまり個性みたいなもの？」

「うん。『君はただ行儀が良いばっかりだ。恥ずかしがるな！』って、いつも怒られてたの」

留学して私が何よりも行き詰まったのがそれだ。ただ楽譜に沿って上手く弾くだけではなく、表現すること。それが私には難しかった。

「自己表現の求められる海外に行けば、きっと情感も豊かになるって、大人は安易に考えていたけれど……住むところを変えただけで簡単に変われたら、苦労なんてしないでしょ」

ただでさえ言葉だって伝わりにくくなるのに。

「なんとなくわかるな。私もそういうの恥ずかしいってなっちゃいそう」

「でしょう？　それに恋をしたことないの？　とか言われても、私まだ小学五、六年だったんだよ。そんなのあるわけないし……」

私がしかめっ面で零すと、風見さんがちょっと目を丸くした。

「え？　ないの？」

「え？」

「え？」

お互いにキョトンとしてしまった。

「……クラスの男子とか、幼稚園の友達とか、好きって思ったりしなかった？」

え？　え？　え？

「そ……それは、あんまり、ないかも……」

声が、尻窄《しりすぼ》みになる。

「まじか……」

「…………」

一瞬気まずい沈黙が流れた。

でも風見さんが、不意にけらけらと笑い出した。

「ないならしゃーない！　恋なんて、しようと思ってできるもんじゃないもん！」

「で、でも、じゃあ風見さんはあるの？」

「あるよー、あるある。ありすぎる！　私惚《ほ》れっぽいから、話するだけですーぐ好きになっちゃう！」

「ベートーベンみたいに？」

「ベトベンって惚れっぽいんだ？ さっすが運命の男」

「うん。貴族の娘さん相手にピアノのレッスンをしてたんだけど、生徒さんを次々に好きになっちゃったんだって」

とはいえ、その沢山の『好き』の中から、数多くの名曲が生まれたのだとしたら、やっぱり恋って大事なのかもしれない——なんて、私は話しながら思った。

風見さんは、『一番困るタイプの先生じゃん』って笑い飛ばしていたけれど。

「逆に岬さんは、好きになった先生とかいなかったの？」

「うーん。日本では女の先生ばっかりだったし、イギリスの先生はみんな怖かった」

小学生の私にとって言葉もよくわからなくて、身体も大きい先生達は威圧感があった。

「なるほどねー」

風見さんは納得してくれた様子だった。とはいえ、本当はみんなもう少し恋をしたりするのかもしれない……。

「でもさ、こういうことって頭じゃないじゃん？　出会いっていうか、それこそ運命？」

「そうなのかな」

思わずしゅん、とした私をフォローしてくれるように風見さんが言った。

「そうそう。実際、そういう人に出会って恋しちゃったらさ、岬さんだってあっという間だよ、きっとフワフワめろめろだよ」

「そういうもの？」

「そ。だって恋って一瞬で落ちちゃうもん。気持ちよく飛んでるとこをさ、打ち落とされちゃうんだよ。墜落しちゃうの。ずっきゅんって」

「ずっきゅんかぁ……」

わかったような、わからないような。

「出会って好きになることに理由なんてないんだよ。結局そんなの後付けみたいなもんで、好きー！　って心がジンジンしちゃったらさ、どうにもなんないのよきっと。私なんてさ、音楽番組見てて、アイドルのカメラへの目線一個で落ちちゃうもん」

「TVでも？」

「相手にまっすぐ向き合って、目を見て、見つめ合って、その声を聞いたら……きっと好きになるよ、一瞬でも」

「そんなに簡単に？」

「そんなにだよ。ベトベンなめんな」

「むしろベートーベンよりすごいかも」

思わず私も吹き出してしまって、二人でけらけらと笑った。

好きになることに理由はない――もしかしたら、それって恋に限らず、友情だってそうなんじゃないだろうか？

私はすっかり、風見さんのことが大好きになってしまっていた。その最初の一歩は、多分今日のこの出会いだけじゃない。

そもそもなんとなく好きな人だから、名前やその交友関係も覚えていたし、一緒にダンスを踊りたいと思ったんだ。

好きな音楽も、好きな本も、好きな理由は挙げられる。でも全部、最初に触れた時から、心がジンジンしてしまったのだ。

風見さんもきっとそうだ。心が好きって叫ぶから、私は風見さんと友達になりたいって思った。

風見さんが笑う。シの音で。

ちょっと太めのくっきり眉毛。元気そうな大きな口。私より長い首、長い指、しっかりフレームのメガネも、黒くてサラサラな髪も、全部が可愛いし、好きだ。

私は風見さんの目をまっすぐ見た。彼女も見返してくれた。風見さんの目は少し明るい茶色——胸がジンジンする。

本当だ……本当に好きに理由なんかないんだね。

「ベートーベンがなんだって?」

その時、私達の笑い声を遮るように男子の声がした。

顔を上げると知らない——けれど、どこかで見たことがあるような男の子が立っている。

そんな彼を見て、風見さんが顔をくしゃっとさせた。

「なーに?　何しに来たの?」

「本屋に行こうとしたら、見覚えのある顔がいたから。お前、今日の晩御飯、ふるさと納税で届いたすっげえいい肉ですき焼きするらしいのに」

「え?　マジで?」と風見さんは眉間に皺を寄せる——寄せながらも結局彼女は、ポテトを次々に摘まむのを止めなかった。

「いや、喰うんかい」

軽いチョップが風見さんのこめかみあたりに入った。

「あ、兄です、一応」

そんな二人のやりとりを呆然と見ていた私に気がついて、風見さんが男の子を指差して言った。

「一応ね」

と、男の子も言う。

「一応……?」

「そ。帝王切開だったから、ほぼ同時だもん。兄も妹もないでしょ」

「ああ、そういう……」

「というわけで、双子の兄の竜太《りゅうた》です」

竜太さんは「ども」と言って、空いていた風見さんの隣の席に腰を下ろした。

「なんで座んのよ」

「妹がすき焼きを前にして泣かないように?」

竜太さんはそう言って、彼女のフライドポテトに手を伸ばす。

「後でポテト代半分払ってよね」

風見さんはきゅっと不満そうに唇を尖らせたものの、ダメとは言わなかった。

「お前こそなんでここで飯食ってるの?」

「うーん、まぁ、しいて言うなら創作ダンスの打ち合わせ?」

風見さんが私を見て言ったので、私も頷いた。まぁ……正確にはまだその段階までは行ってないんだけれど。

「創作ダンスか。つっこは運動苦手だもんな。体育以外もだけど。コイツ、美術に全ステ総ぶっこみして生きてるからさ」

「そのかわり、竜ちゃんは見ただけでSAN値削られるような絵を描くじゃん」

「美術以外の成績は良いからいいんだよ」

並んで座る二人は、双子と言っても姿形はうり二つというほどではない。

性格も、得意なことも違うみたい――なのに似ている気がする。

何故だろうと二人を観察してみて気がついた。二人はなんだか仕草が似ているのだ。

会話のリズムみたいなものも。

二人とも同じように左肘をテーブルにつきながら、ポテト片手にポンポンと飛び交うそれは三拍子のリズム――ワルツのリズムだ。

それが段々心地良くなってきて、二人の会話をこのままずっと聞いていたいと思った。

「だったら竜ちゃん振り付けとか考えてよ、体育だって得意でしょ？」

「え？　いいの？　面白そう」

竜太さんが、風見さんじゃなく私の目を見た。確認するように。

すっかり二人のやりとりを楽しく眺めていた私は、不意打ちみたいに視線をよこす竜太さんの目を、まっすぐに見返してしまった。

途端に、心臓がぎゅっとなった。

「………」

竜太さんの目は、風見さんと同じ明るい茶色の瞳だ——ああ、よく見れば二人は目元もよく似ている。まつげも長い。

「どう？ 僕が振り付け考えてもいい？」

わくわくしたような目でのぞき込むように問われ、私は返事もできずにただこくこくと頷いた。

あんまり頭を振りすぎたせいか、少しくらくらした。体温も急上昇した気がする。どくどく心臓が暴れて、耳が熱い。

竜太さんは、私達と同じ中学校ではなく、受験をして中高一貫の学校に通っているらしい。

勉強は勿論、サッカー部のエースで、他の運動もそこそこ。昔から何をやっても上手いのだと、風見さんは誇らしげに言った。

「その代わりにつっこは絵が本当に上手くて、小さい頃からコンクールとかで賞をもらったりしてたし、好きな物に対する記憶力は異常でさ」

お互いに褒め合う二人に、私は少し驚いた。私は妹の得意なこと、褒められるような部分なんて一つも思いつかない。

それに……もし見るからに優秀なお兄さんがいたら、そのことをこんな風に嬉しそうに話せるだろうか？

嫉妬して、拗ねてしまわないだろうか？

二人は違った。双子だからなのか、風見さんがとても褒め上手なせいか、単純に二人の性格が良いのか、それら全部なのか――わからないけれど。

「岬さんはピアノだよね……今はお休みしてても」

風見さんが唐突に私に話を振った。

「え？　……ああ……うん」

そのお休みが一生なのか、それとも途中で何かが変わるのか、私にはわからない。

「ピアノ？」

思わず曖昧に頷いた私に、竜太さんが言った。

「うん。岬さんはね、今は怪我しちゃってお休みしてるけど、昔――ほら、帯広の夏祭りで、『The NeverEnding Story』を弾いてた子なんだよ！」

「え？　あのジャズ風の？」

「あ……」

二人の会話を聞いていて、いつのことなのかやっとわかった。

確かあれは、帯広のアーケード街でやったお祭りの時だ。

初めはクラシックを弾くはずだったのに、直前になって急に誰でも知っている映画の曲が良いって変更になったせいで、私は知らない曲を何曲も覚えさせられたので、あんまり機嫌が良くなかった。

しかも当日の天気は今にも崩れそうで、せっかく覚えたのに中止になるかもしれないって言うし。

妹はお母さんとお祭りを楽しんで、くじ引きやら、綿飴《わたあめ》やらを買ってもらったのに、私に与えられたのは冷えて硬くなった焼きそばと焼き鳥数串だけだった。

知らない大人達に囲まれながら、それらをもそもそと苦手なウーロン茶と一緒に飲み込んで、気分は本当に最低最悪。

だから本番でお母さんの言いつけを破った。優しく楽しく弾けって言われていたのに、乱暴に、ヤケクソに、ジャズ風に弾いたのだ。

今思えば酷い演奏だった。でも、そんな私の演奏を、集まった人達はものすごく喜んでくれて、そのうち段々私も気分が良くなっていった。

そんな演奏会の最後の曲が、確か『The NeverEnding Story』っていう、古い映画の曲だったはずだ。

あれっきり弾いていないけれど、今思えば嫌いな曲じゃなかった。

最後の曲だと思うと、なんだか妙に名残惜《なごり》しくて、ずっと弾いていたかった。

演奏を終えて、沢山の拍手で送られながらステージを降りる時、大きな達成感があったことを覚えている。

でもお母さんはそんな私を、言われた通りに弾かなかったと言って叱った。それがあんまり悔しくて、あの日の演奏ごと心から閉め出していたんだ。

その時の演奏がすごかったんだって、興奮気味に話している双子を見て、あの我儘《わがまま》な演奏を今でも覚えていて、こんな風に喜んでくれる人達がいることを改めて知った。私の目が、心がじわっと熱くなる。

――ああ、こういうことにもっと早く気がついていれば、私の『今』は違った形をしていたんだろうか。

もう……何もかも遅いけれど。

それから三人で何を話したのかは、よく覚えていない。

私の表情が少し曇ったのにすぐに気がついた風見さんが、ピアノから別の話題に変えてくれたのだ。

お陰で三人でただ笑って、おしゃべりして――私はずっと気持ちがフワフワしっぱなしだった。

私は風見さんが好きだ。

帰る頃には、私達は『岬さん』『風見さん』から『ひまちゃん』と『つっこちゃん』に変わっていた。

目が合うと笑ってくれる竜太さんには、恥ずかしさとはまた別の感情がわき上がってくる。

そのままあっという間に、気がつけば帰宅時間になってしまった。

お店の前で二人と別れ、雲の上で自転車を漕いでいるように、妙に足下がフワフワしているのを感じながら帰途についた。

フライドポテトのせいだけでなく、胸がいっぱいで夕食が喉を通らない。

お風呂上がり、鏡に映る私はなんだかニヤニヤ変な顔をしている。

この感情になんと名前をつけたらいいか——私は薄々わかっていた。

わかっていたけれど、それを言葉にするのが怖かったし、恥ずかしかった。

こんな気持ちになったのは初めてで、これが本当にそれなのかも、何日も続く想いなのかもわからない。

でも——胸が熱かった。

3

昨夜はあんなに嬉しくて、フワフワした気持ちだったのに、朝起きたら学校に行くのが怖くなった。

昨日のことは全部夢で、学校に行ったらやっぱり自分は一人かもしれない。

つっこちゃんは隣のクラスの圭ちゃんとまた仲が良くなって、私のことなんて必要なくなっているかも。

そんな気持ちが私の足を鈍らせる。

お母さんに具合が悪いと言ってみたけれど、熱はないからと取り合ってくれなかった。仮病なんだから当たり前で、私はのろのろと重い足取りで学校に向かった。

私の時間だけ止まっちゃえば良いのに……。

そんな私の憂鬱を、丁度玄関で上靴に履き替えていたつっこちゃんが笑顔で吹き飛ばしてくれた。

「あ！」

と声を上げたつっこちゃんは、上手く踵《かかと》を入れられないまま、片足でけんけんぱするように飛び跳ねて近寄ってきたので、私は慌てて駆け寄った。

「おはよう、つっこちゃん。危ないよ？」

「あははは、おはよ！　ひまちゃん」

もう、転んで怪我でもしたら、大変なのに！

つっこちゃんはちゃんと昨日のままのつっこちゃんだった。

ほっとして、嬉しくて、ほっぺたがちりちり熱くなった。


朝の挨拶から始まって、中休み、教室移動、昼休み、放課後……今までなんとなく、群れを追いかける羊みたいに、誰かのところにお邪魔しているだけだった。でも今日はずっとつっこちゃんが一緒だ。こんな風に私だけに声をかけて、私だけを待ってくれる人は初めてかもしれない。

私の居場所じゃないと思っていた学校が、急に輝き始めたようだった。

私とおんなじで、つっこちゃんは少し人見知りみたい。クラスの中で、あんまり目立ちたくないのも一緒だ。

でも『好き』を隠さずに、全身で表現する——私のことも。

一緒の時間は学校だけじゃ全然足りない。

放課後や夜眠る前、毎日ＳＮＳでも繋がった。つっこちゃんはいつだって、電話をすると必ず三コールで出てくれた。

「どうしたの？」って全力で出てくれたのがわかる、少し慌てた息づかい。

嬉しそうに弾んだ声が聞きたくて、私は毎晩彼女と通話をするようになった。

私がかけなくても、つっこちゃんからかかってくる。

私達は、ずっと前から友達だったみたいに息が合った。

同じタイミングで笑うし、ダンスは同じタイミングで躓《つまず》いてしまう。

竜太さんはそんな私達の為に、創作ダンスの振り付けをしてくれた。

三人で放課後に集まって、カラオケでタブレットを見ながらダンスの練習をする。

そんな毎日があっという間に過ぎて、タセットに行かないまま、二週間が経とうとしていた。

一緒の時間は楽しくても、現実は厳しい。

ダンスの発表は来週だ。残された期間はあと僅かだというのに、私達のダンスの仕上がりは惨憺《さんたん》たる状況だった。

やっとのことで振り付けを覚えても、実際に音楽に乗せて踊ると、毎回途中で訳がわからなくなってしまう。最後まで失敗せずに踊れたためしはなかった。

それに私もつっこちゃんも、あんまり体力がない。すぐに疲れてしまうので、練習と言っても、結局休憩時間の方が長かったりするのだ。

「あー、もうこれ、全然できる気がしなくない？」

つっこちゃんがぜいぜい息を吐きながら、メロンソーダを一口飲んだ。

「うん……しない……」

私もそう答えながら、カラオケのソファにずるずるとへたり込む。

「二人ともあとちょっとだと思うんだけどなぁ」

竜太さんが申し訳なさそうに言った。

「ちょっと前まで、ダンスの授業なんてなかったらしいのに。なんでそのまま永久になくしてくれなかったんだろ」

そんなつっこちゃんのボヤきに、私は全力で同意した。

「今からでも良いからなくなって欲しいね……」

「ほんと嫌だよね。この、声の大きい陽キャで回る世界って」

二人ともどうにもダンスが苦手すぎて、恨み言がとまらない。

「あー、もーしんど。竜ちゃんおかわりもってきて」

すっかり飲み干してしまったドリンクバーのグラスをカラカラと揺らして、つっこちゃんが言った。

「はいはい……陽葵《ひまり》ちゃんもおかわりは？」

つっこちゃんのグラスを受け取った竜太さんが、私にも聞いてくれた。

「え？　あ、あの……大丈夫。自分で行くから……」

「ついでだからいいよ。何にする？　またオレンジジュース？」

「ううん。そろそろあったかいのにしようと思って」

動いていると、ついつい冷たい物ばっかり飲んでしまって、お腹を壊さないか心配になる。

「何にする？　ココア？　コーンスープ？」

「どうしよう……甘いのも飲み過ぎだし……じゃあ、あったかいカフェオレを」

そう言うと、「へー！」と竜太さんが驚いたような声を上げた。

「え？」

「いや、月子はせいぜいコーヒー牛乳ぐらいしか飲まないから、珈琲って新鮮だと思って」

私もタセットに行くまでは、コーヒー牛乳や豆乳の麦芽《ばくが》コーヒーくらいしか飲んでいなかったことを思い出した。

「えっと……よく行くカフェがあるの。珈琲の専門店みたいな所。モエレ沼公園のすぐ近くで、お店からガラスのピラミッドが見えて、夕陽がキラキラしてすっごい綺麗なの」

「モエレのとこなんだ。行ってみたいな」

竜太さんが興味を示してくれたのが嬉しい。

「あ、でも看板犬におっきいわんちゃんいるけど大丈夫？」

「マジで⁉　行きたい！」

『おっきいわんちゃん』と聞いて、急につっこちゃんが身を乗り出す。

「ゴールデンレトリーバーのモカちゃんっていう、とっても優しいわんちゃんがいるから、じゃあ今度一緒に行こう」

二人を時花さん達に紹介できるのなら嬉しい。

「つっこちゃん、犬が好きなんだ？」

「うん、ゴルデンなら更に好き！　フッフールみたいだし、ずーっと子供の頃から飼いたいのに、うちお母さんがアレルギーでさ」

さも残念そうにつっこちゃんが言った。

「フッフール？」

「そ。幸いの龍。映画風に呼ぶならファルコンだけど、やっぱりフッフールの方が可愛いから」

「映画の？」

きょとんとした私を見て、竜太さんが「ああ」と言った。

「エンデの『はてしない物語』に出てくる、幸運のドラゴンのことだよ。映画だと犬みたいな顔をしてるんだ」

「そ！ わんこみたいな白いモフモフのドラゴンが出るの。身体はウーパールーパーみたいなんだけど」

「犬みたいな顔の、ウーパールーパー？」

うん？ 聞くほどわからなくなってきちゃった。

ピンと来てない私を見かねたように、「ちょっと待って」と竜太さんがタブレットを弄った。

「あった、これだ、これ」

そう言って彼は、ネットで拾った画像を見せてくれた。

白い垂れ耳の――確かにちょっとモカに似てるかもしれない、ぬいぐるみみたいな生き物が映っている。

「……………」

でもこれだけ見ても、やっぱり私にはピンと来なかった。

「可愛いでしょ？」

「え……あ、うん」

なんともいえない返事の私に、竜太さんは苦笑いした。

「そりゃ日本公開が一九八五年の映画だし、今みたいなCGじゃないからそうなるよね」

そんな昔の映画なんだ。むしろ二人はよく知っているなぁと感心する。

「……わかった、じゃあちょっと待って。ここ、持ち込みOKだったよね？」

そんな私をじっと見て、つっこちゃんが真剣な表情で言った。

「持ち込み？　あ……うん、大丈夫だったはずだけど……」

「じゃあ私、ちょっとすぐそこのコンビニ行ってくるから、竜ちゃんは配信サイトから映画版探しといて」

テキパキと指示するつっこちゃんに、竜太さんは頷いてまたタブレットを弄り始めた。

私は一人困惑し、結局自分と竜太さんの分のカフェオレを入れて戻ってきた。

「あ、さんきゅ」

ドリンクバーのHOT用カップは、ちょっと持ち手が小さい。

渡すとき、お互いの手が触れた。

そこではっと気がついた。今、私は竜太さんと二人きりだ。

急に緊張してきた。いったい何を話せば良いんだろう。

「…………」

何か言わなくちゃと思ったけれど、その『何か』は思い浮かばない。

竜太さんもタブレットの操作に注意を払っているみたいだし、話しかけるのは迷惑かも？　と考えて、私はそのまま黙っていた。

俯く竜太さんの顔を眺めながら――彼のまつげは私よりも長い。

つっこちゃんもだけど、竜太さんは手が大きい。手足も長い。彼なら私よりも沢山の曲が弾けるだろう。

きっと私より、心もずっと豊かだろう――そんな気がする。

「……竜太さんは、誰かに恋をしたことがある？」

「え？」

無意識に聞いてしまった。彼はちょっと驚いたように顔を上げた。

「恋？」

聞き返されて、私はかっと頬が熱くなるのを覚えた。わ、私、いったい何を言っているんだろう。

「え……えーと……」

「ご、ごめんなさい、なんでもない……」

「う、うん」

竜太さんは、そんな私を馬鹿にしたりせず、言葉に困った様子で――そして真っ赤な顔で俯いた。

結局、私達は二人揃って赤い顔で俯き、また黙り込んでしまった。さっきよりもずっと気まずい沈黙が流れる。

竜太さんはタブレットを必死に触るフリをしていたけれど、無駄に画面を上げ下げしているだけみたいだ。私は誤魔化すようにカフェオレを飲むしかできなかった。

そのまま数分が過ぎ、とうとう気まずさに耐えかねたように、竜太さんが軽く咳払いした。

「つ……つっこ、遅いね」

「近くのコンビニって言ってたけど……どうしたのかな」

「多分、林檎《りんご》が売ってないんじゃないかな」

「林檎？」

「林檎」

なんで急に林檎？　とますます困惑する私に、竜太さんが説明しようとしてくれた時、ガチャガチャガサガサと大きな音をたてて、つっこちゃんが戻ってきた。

思わず私も竜太さんもほっと息を吐いた。

「遅かったじゃん」

「ごめんごめん、林檎売ってなくて」

「やっぱりね」

二人のやりとりを聞いてきょとんとする私に、つっこちゃんが「はい、これ」とコンビニのサンドウィッチと、林檎を一玉差し出してくれた。

「これを買いに行ったの？」

「うん。だって『ネバーエンディング・ストーリー』は、サンドウィッチと林檎がなきゃ」

にこにことつっこちゃんが笑って答えた。

「あと、生卵入りのオレンジジュース？」

「えっ」

ぎょっとした私に、言い出しっぺの竜太さんが笑った。良かった、つっこちゃんが帰ってきてくれると、私達は今まで通りだ。

「いいのよ、生卵オレンジジュースの担当はパパだから——それより、映画あった？」

竜太さんは指でＯＫサインを作ってみせる。

「よし、じゃあ今日はこのまま、ひまちゃんに『ネバーエンディング・ストーリー』を布教する！」

そう言ってつっこちゃんが、テーブルの上にタブレットを立てた。

何がなんだかわからないまま、なかば強制的に鑑賞会が始まってしまった。

「あ……」

再生されて真っ先に気がついた。

あの日、夏祭りで弾かされた『The NeverEnding Story』——そっか、この映画の曲だったんだ。

「……だから私に勧めてくれたの？」

思わず驚いて二人を見ると、つっこちゃんはニヤッと笑った。

「それもあるし……この映画ね、うちのパパとママの恋のキューピッドなの。二人ともこの映画が好きだっていうのがきっかけで、付き合うようになったんだって」

恋のキューピッド。

それを聞いて、私は思わず竜太さんを見た。目が合った彼もまた頬を赤くしたので、私は慌てて映画に向き直った。

『ネバーエンディング・ストーリー』は、ミヒャエル・エンデの『はてしない物語』を原作に作られたお話だそうだ。

原作とは随分違う部分もあるそうだけれど、二人はそれでもこの映画が好きなのだと言う。

今のようなCGではなく、昔ながらのSFXを駆使した映画は、一見古くさく見えてしまったけれど、私もすぐにその世界の虜《とりこ》になった。

いじめられっ子の少年バスチアンが手に入れた本。

それは不思議な生物達が生きる『ファンタージェン』に、恐ろしい『虚無』という災害、或《ある》いは災厄が襲いかかるという内容だった。

全てを消してしまう『虚無』から世界を救うために立ち上がったのは、バスチアンと同じ年頃の、けれど勇敢な戦士である少年アトレーユ。

バスチアンは学校の秘密の屋根裏部屋で、毛布にくるまり、サンドウィッチと林檎を囓りながら、アトレーユの冒険を見守るのだ。

私達もサンドウィッチと林檎を片手に、二人の少年の冒険を見守った。

そうして辛い旅路の末に世界は一度、一粒の砂になってしまう。それでもアトレーユとバスチアンはファンタージェンと幼心《おさなごころ》の君を救う。

『始まりはいつも暗いのです』という幼心の君の言葉に、私の世界も少し前は暗かったことを思いだした。

でも、今はもう明るい。

見終わった時、私も、そして何度も映画を観ているはずのつっこちゃんも、両目に涙を浮かべていた。

没入感がすごすぎて、目の前がチカチカする。

「ど？　可愛かったでしょ？　フッフール」

「うん……すごい可愛かった」

わんこみたいにもふもふで、身体はウーパールーパーなドラゴン——最初は意味がわからなくて、そんなの可愛い？　と思っていたけれど、作中に出てきたそのドラゴンは、確かに優しくて愛らしく、そしてその姿の表現は言い得て妙だった。

フッフール——ファルコンは確かに二人の少年の味方で、二人を見守る私達にとっても味方だった。つっこちゃんが心を寄せるのがよくわかった。

生卵オレンジジュースの謎も解けた。

そうして、もう一つ。

「ねえ、映画を観て気になったんだけど……もしかして二人の名前が『竜太』と『月子』なのも、この映画からとってるの？」

私の質問に、二人は満面の笑みを浮かべて頷いた。

「そうなんだ。よくわかったね」

「うちのパパとママったら単純だよね」

「ううん。二人ともすごい素敵」

竜太さんの『竜』は間違いなくフッフールで、つっこちゃんの方も作中で大事な意味を持つ、世界を救う言葉が由来なんだ。本当に素敵で羨ましいと思った。

「パパとママの大好きな映画だからね。私達もこの映画を何度も観て育ったし――だからこそ、『ピアノの女の子』の思い出が強く残ってたんだ」

「え？　私？」

びっくりして声がひっくり返ってしまう。

だってまるで、二人の輪の中に入れてもらえたみたいだから。

「勿論、今はそれだけじゃなく、ひまちゃんのこと好きだけど――でも、ひまちゃんが転校してきた最初の日、『こんなの運命じゃん!!』って思ったんだ」

ちょっと気持ち悪いこと言ってるかもしれないけど……と、つっこちゃんは苦笑いを浮かべたけれど、私にもつっこちゃんの言いたいことは、すごくよくわかった。

大人はそんなの偶然だとか、意味がないって笑い飛ばすかもしれない。でも私もつっこちゃんと同じだった。

運命だったんだ。神さまが決めていたんだ、きっと。

無理やり弾かされたあの日のピアノも、転校して同じクラスになったことも、意味不明なダンスの授業も、図書館で出会ったことも。

私が杉浦さんと出会って、タセットに行くことになったように、きっと人は何気ない選択に、運命の扉を叩かれるんだ。

「今度さ、うちに遊びに来て！　きっとパパとママもすっごい喜ぶから！」

映画の興奮がそのまま後を引いたように、つっこちゃんが熱っぽく上擦った声で言う。

「わ、私も、タセットに……カフェに一緒に行って欲しいな」

そうして時花さんと日暮さんに、つっこちゃんと――できることなら竜太さんのことも紹介したい。

「うんうん！　もちろん！　今度いこ！」

「そうだね、今度ね――まずは二人とも、ダンスの方をもうちょっとなんとかしなきゃ。結局、今日は映画観て終わっちゃってるし」

「う……」

せっかく意気投合している私とつっこちゃんに、竜太さんが呆れ気味に言ったので、私達は急に現実に引き戻されたような気分になった。

「あー……じゃあ明日はさ、うちで練習しようよ。で、ダンスのテスト終わったら、お祝いにそのカフェでわんこ撫でよ？」

二人で暗い表情になってしまったけれど、すぐに瞳にキラキラした光を取り戻したつっこちゃんが言った。

「うん！」

私は力一杯頷いた。


その日は何もかもが楽しくて、幸せで、『運命的』だった。

しかも帰り際、つっこちゃんがトイレに行っている時、竜太さんが私にSNSのアドレスを交換しようって言ってくれた。

私は真っ赤になって、すぐに返事ができなかった。勿論嫌なわけがない。嬉しい。ものすごく、嬉しい。

交換したアドレスに、私から連絡をする勇気はすぐには持てなかったけれど。

つっこちゃんは恋は墜落するようだって言っていた。

私にはもうちょっと優しいみたい。

ふわふわと無重力。

あっさりと風に飛ばされてしまいそうな風船。

青空でくっきりと揺れる赤い風船だ。

私はつっこちゃんが大好きだ。

つっこちゃんに似た竜太さんに、私が惹かれてしまうのは必然かもしれない。

そして竜太さんももしかしたら、私のことが好きなつっこちゃんに似て、私を——。

「……ううっ」

家に帰ってからも、そんな考えで頭がいっぱいで、私は一晩中ぼんやりしていた。

そうして生まれて初めて、ピアノに感謝して——だから、久しぶりにピアノを弾いた。

幼稚園の頃の私よりもずっとへたっぴで、弾いたと言うよりは鍵盤の音を聞くだとか、指の感触を楽しむだとか、その程度でしかなかった。

それでもお母さんは、ピアノに向かう私を見て喜び、そして泣いた。

こんなにも喜んでもらえると思わなくて、私も嬉しくて泣いてしまった。

その日はそんな、奇跡の一日だった。

神さまは優しくて、私は世界の中心だった。

だから忘れてしまっていたのだ。

神さまは私が大嫌いだっていうことを。

4

さらさらと雨が降る日、つっこちゃんが私に会わせたいと言ってくれたご両親に、初めて会った。

お線香のにおいの中、私は泣いている二人のお母さんを見て、つっこちゃんも竜太さんもお母さん似なんだなって、ぼんやりと思った。

二人の長いまつげはお母さん譲りだろうか。

黒いほっそりとしたワンピースは中性的で、ますますつっこちゃんを思わせた。

竜太さんのチリチリ巻いたくせ毛は、どうやらお父さん譲りのようで、ご両親と竜太さん、そして写真のつっこちゃんは『一つの家族』って感じに見える。

一冊の本と、その映画と音楽から、私はつっこちゃん一家とも繋がれたような、そんな気持ちになっていた――そんなの慢心だった。

あの輪の中に入れてもらえるのは、私じゃないのに。


みんなで映画を観た次の日。土曜日の朝、私は朝ご飯を食べてから、つっこちゃんのお家に向かうことになっていた。

なのに家を出る支度をしていた私に、お母さんが難しい顔で「どこへ行くの？」と立ちはだかった。

「友達のお家。体育のダンスの授業、試験が近いから練習しに行くの」

今日は嘘ではないから、私は躊躇うことも、淀むこともなく答えることができた。お母さんに内緒でタセットに行く時の、あの罪悪感も感じないで。

「でも、ピアノはどうするの？」

「え？」

「やっと練習を始められるようになったのに。こういうのは、最初が肝心でしょう？」

どこか呆れたように、お母さんが言った。

「そ、それはそうかもしれないけど、でも体育の授業が――」

「嘘おっしゃい！　昨日、カラオケに行って遊んでいたの、知っているんですからね！」

突然お母さんが怒鳴った。

どうやら昨日、つっこちゃん達とカラオケに行っていたのを妹が見かけたらしい。

「でも、あれは本当にダンスの練習をしていただけだから……別に遊んでいたわけじゃ……」

「どうしていつも、言い訳ばっかりするの！」

そこからいつものお説教が始まってしまった。

お母さんは私の話を聞かないし、信じてくれない。私がズルをして、ピアノから逃げていると決めてかかっている。

こうなってしまうと、お説教は長い。お母さんの気持ちが収まるまで続く。

お母さんの中で、私は努力をするのが嫌いな子なのだ。

今までも結果が出せないのは、私が努力しないせいということになっている。

前にお祖母ちゃんが言っていた。お母さんは努力とか勉強とか、そういうのが全然できない子だったんだって。

それが本当のことかどうかはわからないけれど、お祖母ちゃんがお母さんに思っていたことを、そのままお母さんは私に思っているのだと思う。

だから反論したところで、お母さんがますます怒鳴って騒ぎ出すだけだ。私はじっと黙って我慢するしかなかった。

今日は最寄りの駅まで、つっこちゃんが迎えに来てくれているはずだけど、連絡をしようにもスマホなんて取り出そうものなら、火に油を注ぐことになるに決まっている。

私はとにかくお説教をやり過ごし、お母さんが少し疲れてきたあたりで、本当に体育の授業であることをもう一度説明し、配られたプリントや練習のために録画したダンス動画をお母さんに見せた。

そうしてお母さんが納得し、私を解放してくれた時には四十分の遅刻が確定してしまった。

慌ててつっこちゃんに連絡したけれど、応答はない。

なかなか既読が付かないので、直接通話しようとしたけれど、こちらも応答はなかった。

もしかしたら待っている間に、スマホの電池が切れてしまったのかもしれない。

遅刻の原因はお母さんにあるとはいえ、その説明は難しい。

だけどつっこちゃんなら、話せばわかってくれると思う。とにかく早く謝りたい――

そう思いながら私は地下鉄に飛び乗った。

隣の駅に着くと何やら騒然としていて、私はそこで初めて何が起きたのか知ったのだ。

どうしてつっこちゃんへのメッセージに既読が付かないか。

その日のえぞ新聞の夕刊には、駅前の事故のニュースが大きく載っていた。

運転手は急病で意識を失ってしまったらしい。

人通りの多い駅前の交差点に、ブレーキもなく飛び込んでしまったワンボックスカーは次々に六人をはね、運転手は死亡、三十代男性と、そして女子中学生が意識不明の重体、残り四人も重軽傷を負ったと伝えていた。

私を迎えに来たつっこちゃんは、ワンボックスカーと自転車置き場の壁に挟まれてしまったそうだ。

現場の動画では、ぐしゃぐしゃになった自転車と、えんじ色のハードカバーの本が一冊落ちていた。

それから数日して息を引き取ったつっこちゃんのお葬式で、つっこちゃんの『友達』の場所に立っていたのは圭子ちゃんだった。

竜太さんも、今はそっとしておいて欲しいと言った。

言葉にしなくてもわかる。竜太さんは私に怒ってる。

悪いのは私じゃないって言いたい——でも、私が遅刻しなかったら、つっこちゃんは事故に遭わずに済んだかもしれないのだ。

私は悪くない——でも、私のせい。

悲しいことの原因はどこにあるんだろう。

悪いことの奔流《ほんりゅう》は、どこから始まるのだろう。

私が悪くない理由を探した。

私を遅刻させたお母さんが悪いことにしたかった——でも、お母さんがここまで頑なに、私がピアノから逃げることを責めるのは、私が怪我をしたせいだ。

事故を起こした人だって悪い、わざとじゃなくたって。

つっこちゃんの近くに駐めてあったタイヤの大きな頑丈な自転車だって悪い。

つっこちゃんだって、ずっと私を待ってなければ良かった。

私のことなんか好きにならないで、お祭りのことなんて忘れていたら良かったのに。

結局——どの理由も、私が一番悪いのを越えられなかった。

私がつっこちゃんを死なせてしまったんだ。


お葬式の後、どうやってタセットに向かったのかはよく覚えていない。

私は雨の中、泣きながら久しぶりにタセットの扉を開いた。

時間を戻す方法が知りたかった。知らなきゃいけなかった。

なのに時花さんは、お客さんのいない静かな夕セットの店内で、悲しそうに、けれどきっぱりと「それはできません」と言った。

「どうして⁉」

思わずダンッ、とカウンターに手をつくと、濡れた手が滑った。

そのままバランスを崩しそうになった私を支えようと、時花さんが手を伸ばしてくれたけれど、私はそれを振り払う。

「なんで⁉　どうしてダメなの⁉」

思わず声が荒くなる。そんな私を、ますます悲しげに見て時花さんは目を伏せた。

「前にも話したように、時守《ときもり》である陽葵ちゃんの時間を戻すことはできません。時守はあくまで過去と現在に船を渡すだけなんです。過去を変えたいと願っている人が、自分の意思で戻る場所を決めない限り、私達にはどうすることもできない。このルールに例外はないの」

「そんな……月子ちゃんのためでも？」

時守は、自分達の為に過去に戻ることはできない。

それは時花さんでも、日暮さんでも同じ。

もしかしたら抜け道があるのかもと微かな期待を抱いていた私は、時花さんの話を聞いて膝から力が抜けたように床にしゃがみこみ、膝を抱えて泣きじゃくった。

そんな私に、モカと時花さんは寄り添ってくれたけれど、私が欲しかったのはそういう優しさじゃない。

私は過去に戻りたかった。

つっこちゃんを元に戻したかった。

なんで私達だけダメなの？

どうして私はできないの？

なんで？　なんで？　なんで？

こんな力を、どうして神さまは私に与えたんだろうか。

「……方法が全くないわけではありません」

やがて、見かねたように日暮さんが言った。

「日暮君……」

時花さんは、その方法をあまりよくは思っていないようだった。

「なんでもいいから！　私……私にできることだったら、なんでも頑張るから！」

思わず叫ぶように言う私を見て、時花さんはもう一度カウンターの中の日暮さんに、何か言いたげな視線を送り、諦めたように短い息を吐いた。

「……それには、彼女のために過去を変えたいと、強く願う人が必要よ。それが可能な人を探して、この店に来てもらう必要があるの」

つっこちゃんのために、たった一度の過去に戻れるチャンスを使える人が。

「……お店以外では、過去に飛べないの？」

「それは……少し難しいですね。渡しを行うためには、時守ごとにルーティーンがあるんです。自分も相手もリラックスする必要がありますから」

日暮さんが言った。

私が自分で過去に渡れたらいいけれど、私はまだその方法を知らない。

「竜太さんやつっこちゃんのお母さん達を、ここに連れて来たらいいんでしょう⁉」

それだったら私にもできるはずだ。

そして竜太さん達なら、きっとつっこちゃんを取り戻したいと言うだろう。

つっこちゃんのいない毎日が始まってから、私は空っぽになった。

山根さん達はそんな私に優しくしてくれたけれど、どんなに優しくしても三人はつっこちゃんじゃない。

こんな別れは、絶対に受け入れられない。

友達の私ですらこうなのだ——家族なら、もっと苦しんでいるはずだ。

「私、絶対に連れてくるから」

しゃくりあげながら言う私に、時花さんは曖昧《あいまい》な表情で頷いた。

まるで私には無理だと言われているようで、私は苛立《いらだ》ちの中で奮い立った。

5

それから私は、毎日のようにつっこちゃんの家を訪ねた。

両親か竜太さんを説得するためだ。

三人の内の誰かが私を信じて、つっこちゃんが事故に遭わない過去を作ることができれば、つっこちゃんは帰って来るはずだ。

なのにつっこちゃんの両親はひどく憔悴《しょうすい》していて、私に会ってもくれなかった。

ドア越しに帰って欲しいと言われ、警察を呼ぶとも言われた。

呪うような憎しみの声で、怒鳴られたりもした。

雨の中、何時間も立ちすくんで、話を聞いてくれるのを待ったこともあった。

私のやっていることは、まるで常軌《じょうき》を逸していただろう。

私だってそう思う。

だけど他に方法はないのだから、なんと思われても構わない。私のせいで両親が心に更に深い傷を負ってしまったとしても仕方ない――大丈夫。過去に戻れさえすれば、全部なかったことになる。

誰に憎まれても、怯えられても構わない。

つっこちゃんを取り戻せるなら――私のせいでいなくなってしまったつっこちゃんを、救うことができるなら。

やがて学校にも連絡が行ってしまい、怖い顔の先生三人に囲まれて、お説教された。

先生達は、気持ちはわかるよと言いながらも、やっていることは間違いだって私を咎《とが》めた。

そして私が話さなきゃいけないのは、つっこちゃんの家族じゃなく、心の病院の先生だって。

スクールカウンセラーさんに話を聞いてもらうことにもなったけれど、別に私は気が変になったわけじゃなくて、至ってまともなのだ。

まともな、はずだ。

なのに段々、本当は何もかも自分の妄想なんじゃないかって、心がざわっとして怖くなった。

だけどモエレ沼に行けば、そこにはタセットがあって、杉浦さんのお宅は駐車場で、お菓子屋さんは『シマエナガ』になっている。

だから……きっと大丈夫。後は自分を信じるしかなかった。

今になって、時花さんのあの表情の意味がわかった。

あの時は、すぐに誰かをタセットに連れて行けると思っていたのに、まだ可能性すら見えてこない。

それでも私は次の日の学校の帰り、つっこちゃんの家に向かった。

学校で噂になっているみたいだけど、行かないわけにはいかない。

先生達に叱られるのは怖い。

学校からお母さんに連絡がいってしまうのも。

それでも怯えてはいられない。

だって私が諦めたら、つっこちゃんは永遠にこの世の中からいなくなってしまうんだから。

インターフォンを何度も鳴らすと、やがて諦めたように、つっこちゃんのお母さんがインターフォン越しに『帰って下さい』と言った。

『次は警察を呼ぶとお伝えしたはずです』

過去が変われば、この罪はなくなるとわかっていても、つっこちゃんのお母さんの悲しそうな声を聞くのは辛い。

「私はただ、話を聞いてほしいだけなんです。お願いします」

それでも必死に、私はインターフォンに話しかけた。

『私達は貴方の話なんて聞きたくないの。お願いだからそっとしておいて！　どうかこれ以上私達を苦しめないで！』

最初は声を押し殺していたつっこちゃんのお母さんが、とうとう声を荒らげた。

音の割れたインターフォンの声に、私は身がすくみそうになるのを必死でこらえる。

「違います、苦しめるつもりなんて――」

『帰って!!　今すぐ！』

「…………」

ただ私の話を聞いて、一緒に夕セットに行って、そしてつっこちゃんのことを思い出してくれたらいいだけだ。

後は時花さん達が過去に運んでくれるはずだ。私はそのためのお手伝いなら、どんなことだってする。

一回だけチャンスをくれたら、それだけでいいのに……。

今日も、つっこちゃんのお母さんは私の話を聞いてくれそうにない。

これ以上お母さんの説得は難しそうだ。竜太さんか——もしくはお父さんのお勤め先を調べられないだろうか？

そんなことを考えながら、ひとまず家に帰ろうかと思った、その時だった。

「だから……もうしばらくは、どうかそっとしておいて欲しいんだ」

悲しげな声がして振り返ると、そこには竜太さんが立っていた。

「竜太さん……」

「本当に警察が来るから、今日はもう帰った方がいいよ」

「……………」

多分もう通報されているから——と、彼は険しい顔で私を追い立てようとした。

「つっこちゃんのために……私、帰れない」

「月子はもういないし、陽葵ちゃんが悪意でこういうことをしているわけじゃないのはわかってる。だけど、とにかく僕達をもう少しそっとしておいて欲しい。いつか余裕ができたら……陽葵ちゃんとも話せるようになると思うから」

お願いだからと必死に言う竜太さんの目は、腫れぼったかった。

「……だったら……私を信じてくれたらいいのに」

「え？」

「帰れだなんて……つっこちゃんが生き返る方法があるんだよ」

「…………」

そう言葉を絞り出すと、竜太さんの顔がぎゅっと怒ったように歪んだ。

「……そういう冗談は、言っていい時と悪い時があると思う」

冗談でこんなこと、言うわけないのに。

私はなんとなく竜太さんなら信じてくれるって、勝手に思っていた。だからこの拒絶は悲しかった。

頭では仕方ないってわかっていても、『どうしてわかってくれないの？』と心が叫ぶ。

それでも投げ出したい、泣きたい気持ちをぎゅうっと堪え、下唇を強く噛んでから、私は竜太さんに改めてお願いした。

「お願いだから……一度だけで良いの。一度だけ信じて、私についてきて欲しいの」

「どこに？」

トゲのある声が返ってくる。

「タセット――モエレ沼の所の、珈琲店」

すかさずそうお願いすると、彼はしばらく悩んでから、やがて溜息とともに言った。

「……ついて行ったら、もうこんな風に家に来るのは最後にしてくれる？」

「来てくれるの⁉」

「いや――でも、モエレ沼に行くのはいいよ」

「え？」

「あそこは、子供の頃から家族でよく行ったんだ……つっこも大好きだったから」

そこで二人で、つっこちゃんの話をするならいい――そう彼は言ったので私は頷いた。

「……わかった」

モエレだけでも随分前進だ。そこまで行けたなら、後はとにかく説得して、帰り道にタセットに寄れるように頑張ればいい。

私は彼の気が変わる前に、急いでモエレ沼公園に向かった。

初めて行くモエレ沼――しかも、竜太さんと二人きり。

本当なら嬉しくて胸が弾むはずだ。私は多分……多分、竜太さんのことが好き。これが恋なのかもしれないと思う。

それでも、モエレ沼に行くなら、竜太さんと二人よりもつっこちゃんとが良かった。もしくは三人で。

公園に向かうため、地下鉄に飛び乗りながら、私はそう思った。

強く、強く、そう思ったのだった。

6

東豊《とうほう》線環状通東駅から、バスでモエレ沼公園まで約二十五分。

車内はそれなりに混んでいた。

竜太さんとは肩のふれあう距離だったので、私は必死に体を縮こまらせていた。

夏至を過ぎたばかりなので、夕方五時でも空はまだまだ明るい。

この調子だったら、いつも外から眺めるだけだった、あの夕陽を受けたガラスのピラミッドを、内側から見れるかもしれない。そんな風にぼんやりと思った。

バスを降りて歩き出すと、目の前には緑と丘が広がっていた。

川（正しくは沼らしい）には煉瓦造りの橋がかかっていて、木々の向こうにあのガラスのピラミッドも見える。

「公園っていうから、遊具とかがあるのかと思ったけれど、そうじゃないんだ……ハイド・パークみたい」

思わずぽつりと呟くと、竜太さんが私を見た。

「遊具があるエリアもあるけど――ハイド・パーク？」

「うん。ロンドンの」

もっとも、私もハイド・パークへは、数回しか行ったことがないのだけれど。

「そこまで有名ではないけど。あれがモエレ山だよ。標高62・4mの人工の山」

竜太さんが、指さした先には、確かに小さな山の先っぽが見える。

「人工なの？」

「うん。モエレ山は、燃えないゴミと建設残土から作られた、東区唯一の山なんだって」

「え？　ゴミから？」

思わず驚いて声を上げてしまうと、竜太さんが微笑んだ。

バスを降りて公園を歩き出す。外の優しい風に触れたせいか、彼も幾分表情が和らいでいる。

「モエレ沼公園は、芸術公園って言われていて、設計したのは日系アメリカ人の彫刻家、イサム・ノグチなんだ」

「イサム・ノグチ……？」

どこかで聞いたことがあるような、ないような。

「知ってる？　大通公園に黒くて筒状の不思議な滑り台があるんだけど、あれもノグチの作品だよ」

「あ……」

そういえば、小鳥遊さんがお母さんと別れた場所に、黒いモニュメントがあったことを思い出す。

芸術といっても、ただ眺めるだけでなく、そんな風に人と近い場所で、実際にふれあうことで愛される物を作る人らしい。

「モエレ沼は元々、札幌市周辺のゴミが集められた沼地だった。ノグチは『人間が傷つけた土地をアートで再生する』と言って、ここに綺麗な公園を作ったんだって」

「アートで、再生する……」

壊れてしまったもの、失くしたものを全く同じに戻すことはできない。

でも過去を忘れずに、もう一度、愛される物として生まれ変わらせたい――見知らぬ芸術家のその気持ちは、なんだか胸にすとんと収まった。

そして私も、もう一度つっこちゃんを取り戻すために、今ここにいる。

恋人達や子供連れ、犬を散歩させる人など様々な人がモエレ沼公園を訪れている。芸術と自然と人々の生活が重なった、優しい空気と時間が流れる場所で、私は竜太さんとしばらく黙ったまま、ただ歩いた。

会話が弾まないのは当たり前だ。

何から話せばいいだろうって、思いあぐねていると、不意に竜太さんが足を止めた。

「せっかくだからモエレ山、登ってみる?」

「あ……うん」

このままだと散歩を楽しんでるだけだと思われるかもしれない。不謹慎じゃないか?

って心配になりながらも、私は誘われるまま、『モエレ山』に登った。

登ると言っても芝生で覆われて木も生えていないそれは、山というよりは大きな坂ぐらいの大きさだ。

登山なんて仰々《ぎょうぎょう》しいことはなくて、ただまっすぐ山頂まで作られたなだらかな階段を上がると、十分もせずに山頂に着いてしまった。

低い山とはいえ、ぐるっと周囲を見渡すと、札幌の街並みが見える。

「毎年九月に花火大会があるんだけど、うち、一回目から毎年みんなで行ってたんだ……月子がいないから、もう今年からは行かなくなりそうだけど」

竜太さんのつぶやきは、山頂の風に吹き消されそうだったけれど、私の耳に届いてしまった。

「……ごめんなさい」

何を思うよりも先に、謝罪の言葉が口をついた。竜太さんが、泣きそうな顔で微笑む。

「……本当に陽葵ちゃんのことを悪く思ってるわけじゃないんだ――僕も、母さん達も」

「あの日、朝、お母さんに遊びに行き過ぎだって叱られて……ダンスの練習っていうのを、なかなか信じてくれなくて！　遅刻なんてしたくなかったけど、連絡もしたかったけれど、お母さんが怖くて……」

「……そっか」

結局そんなの言い訳にしかならないって思って、私は俯いた。

なるべく家にいないようにしていたのは、そこに居場所がなかったからだし、ピアノがあるからだ。

だから毎日のように、ピアノのないタセットに、私を受け入れてくれる場所に逃げていた。

でもお母さんには、私が練習をサボって、遊び歩いているようにしか見えなかったのだ。

そうじゃないという説明を、私はお母さんにしてこなかった。『何を言っても駄目だ』って、初めからお母さんに理解してもらうことから逃げていた――結局、私が悪いんだ。

「ごめんなさい。やっぱり、こんなのずるい言い訳だった。お母さんに信じてもらえなかったのは、日頃の私が悪かったんだもの……」

「…………」

竜太さんは困ったような顔で私を見た後、遠く広がる札幌の街並みに目をやった。

「誰も悪くないよ――少なくとも、僕はもう、そう思ってる」

「でも……」

「誰かを悪く思うことで、悲しい気持ちを忘れられたり、月子を大事にしているような、敵《かたき》を討っているようなそんな気がして、その一瞬だけは楽になったように感じるけど……でも結局誰かを憎む気持ちは、『悲しい』と等価にはならないんだ。それで癒えるものなんてなくて、ただ心に泥みたいなものが溜まっていくだけだと思う」

『誰かを憎んだりしたくないんだ――』そう彼は続けて、もう一度深く溜息をついた後、私の目をのぞき込むようにまっすぐ見る。

「……だからこそ、陽葵ちゃんにはしばらく家には来ないで欲しいんだ」

「うん……」

私だって恨まれたくない。憎んで欲しくない。でも私はそれでも……。

私は俯いて、また唇を噛んだ。強く。血が出るくらい強く。

「……あのさ、モエレの花火大会にはね、『ヤミボウズ』が現れるんだ」

「え？　ヤミボウズ？」

「そう。一年間に積もった、人間の悪い心、汚い心、悲しい心なんかが生み出すお化けなんだ。それを毎年花火で浄化するんだ」

唐突に不思議なことを言われて戸惑う。そんな私を見て、竜太さんは無理矢理のように口角を上げて笑った。

「もちろん、そういうコンセプトっていうだけ。モエレ沼芸術花火は、綺麗なだけじゃなくて、そういうストーリーのある音と光の芸術祭なんだ。ヤミボウズは花火大会の、ちょっと怖いマスコットキャラクターなんだよ」

彼はそう言ってスマホで画像を検索して、私に見せてくれた。大きな黒い人型のバルーンみたいだ。

「可愛いけれど、少し怖いね……」

こんな大きなお化けみたいなのが、夜空にフワフワ浮いているのを想像して、思わず言ってしまった。

「うん。だから月子はちっちゃい頃、このヤミボウズが大っ嫌いで、出てくるたびに必死に顔を隠してたんだ」

懐かしそうに、竜太さんはふふ、と笑った。

胸がぎゅっと絞られるように痛かった。

「あ、あっち側に大きな噴水があるんだけど、一日に何度か噴水のショーがあって、夜は特にライトアップしててさ。みんなで見に行ったら、月子だけ目の上のところを蚊に刺されて大変だった」

「えー？　つっこちゃんだけ？」

「そ。あとそこの小川で転んで、お尻がびしょ濡れになって大泣きしたとか、サイクリング中に突然つっこの自転車のタイヤだけパンクしたりとか。あ、あとガラスのピラミッドのところで買ったソフトクリームを、出入り口のとこで落としたこともあったな」

あいつ本当にそそっかしいよね――そう言って彼は笑った。優しく。

そうして竜太さんは、公園のあちこちに散らばる思い出を指さして、拾い集めるように教えてくれた。その一つ一つが、つっこちゃんの魂の欠片《かけら》そのものみたいに思えた。

日中は暑かったけれど、ゆっくりと夕暮れが近づいて来たモエレ沼は、吹く風も心地よく、子供の笑い声が聞こえる。

話を聞くのに夢中になってつまずく私に、竜太さんは手を差し伸べて来た。

それを摑んで体勢を整え直した後も、私達はそのまま、手を繫いで歩いた。

もしかしたらデートのように見えたかもしれないし、私もそういう時間を夢見なかった訳じゃない。

だけど竜太さんも、そして私も、この瞬間、本当に手を繫ぎたかったのは、つっこちゃんとだと思った。

「私……こんなに綺麗な場所なのに、なんでつっこちゃんと来なかったんだろう」

思わず私の口から洩れた呟きに、竜太さんは何も言わず、ぎゅっと私の手を握り直した。痛いくらい強く。

それでも、モエレ沼公園に吹く風は優しい。

ゴミの上に作られた公園というのが、全く想像できないほどに美しかった。

生きている限り、綺麗なだけではいられない。

だけどゴミの上にだって、綺麗な物を築くことができるのが人間なんだろうか。

辛くて苦しい人生の中でも、作曲家達が美しい曲を作り出したように。

今は辛くて、つっこちゃんが恋しくてたまらないし、後悔や懺悔に押しつぶされそうになっているけれど——でもいつか、それも忘れることができるんだろうか？

竜太さんの手は温かい。

——ああ一瞬、このままでもいいんじゃないかと思ってしまった。

だけどすぐに、それじゃあダメだと我に返る。

この世で、私だけがつっこちゃんを救うことができるのだ。私しかできないことを、私が諦めるなんてダメだ、嫌だ――もう、嫌なんだ、絶対に。自分に失望するのは。

たとえもう二度と、彼の手に触れられなくても。

ゆっくり太陽が傾いてきて、木々の向こうから突き出した、ガラスのピラミッドの頂点を照らし始めている。

もうそんなに時間はない。

私は勇気を振り絞ってピラミッドの前で足を止めて、竜太さんを見た。

「もし……もし過去をやり直せたらどうする？」

「え？」

「もし、時間を巻き戻して、つっこちゃんを生き返らせることができるとしたら」

「……冗談でもそんなこと言うのはやめてって、言ったはずだと思うけど」

それまでどこか空虚なほど穏やかな表情だった竜太さんの顔に、一瞬で怒りが戻ってきたのが見えた。

途端に私の勇気が萎《な》えそうになった――でも、私はなんとか踏みとどまって、竜太さんをしっかりと見返した。

「私だって、こんな話をすることになるとは思ってなかった」

「だったら――」

「お願いだから、一回だけ、私の話を聞いて欲しいの。このままじゃ……私も竜太さんも、一生つっこちゃんに会えないままになっちゃう。私はそれを悔い続けることになる——それは、もう嫌なの。後悔は手のことで最後にするって決めたの！」

「……手のこと？」

竜太さんが怪訝そうに眉をひそめた。私はぎゅっと、左手を胸のところで守るように握りしめた。

「この手……事故に遭ったのは偶然じゃないの。私、あの日、コンクールでいい成績が出せなかったことをお母さんに電話で叱られて、すごく悲しくて……それで思ったの。もし事故に遭ったら、少しは練習を休んでも、許してくれるんじゃないかって」

胸の奥から絞り出した声が、震える。

あの日は本当に辛い日だった。

しとしと冷たい雨が降っていて、外は灰色で、耳の奥で『真面目にやりなさい！　遊びに行かせたんじゃないんだから！』と叱るお母さんの声がこだましていた。

毎日何時間も何時間も練習して、遊ぶ時間なんて全然ないのに。

厳しい先生、わからない言葉、いつまで経っても慣れない街、苦手なご飯、できない友達。

何もかも私に優しくない灰色の場所で、ただひたすらにお母さんの言う通りに練習していた。

だから少しだけ休みたかった。

お母さんに優しい言葉をかけて欲しかった。

少しの間だけピアノに向かわない理由が欲しかった――ただ、それだけだったのに。

胸の奥でどろどろとうねる誘惑から逃げられずに、私は一歩踏み出した。

せめて一日か二日だけ、ピアノから離れられればいいと思ってた。

「……じゃあ、もしかして、事故って――」

とつとつと震える声でした説明に、竜太さんがきゅっと悲しげに眉を寄せた。

「うん……わざとだったの。こんな大怪我をするなんて思ってなくて、私……」

病院の先生からは、命を失わなかっただけ良かったと言われたけれど、私はいっそ死んでしまえたらと最初は思ってた。

後悔と罪悪感に押しつぶされそうになったから。

それでも、たとえピアノは弾けなくなったとしても、これまで通りに生活ができるようにって、先生は私の指を治してくれたのだ。

あの痛みの中で、私はもう後悔するのは嫌だって思ったんだ――これから、生きていくために。

「もう二度と投げ出したくないの。できることから顔を背けて、私には無理だった、なんて言いたくない。だから絶対に、私はつっこちゃんを諦めたくないの」

「だけど月子は――」

「ううん。お願いだから最後まで聞いて……そして信じて欲しいの。最初で最後でいいから」

7

私はキラキラ輝くガラスのピラミッドの前で、竜太さんに全てを話した。

タセットのこと、この力のこと——杉浦さんに出会い、小林さん夫妻や小鳥遊さんの過去へと飛んだこと、そして力を使えば、つっこちゃんを救えるかもしれないことを。

竜太さんはさすがに引きつった顔で、私の言葉を全然信じてはいなかった。

そんなの当たり前だ。私が竜太さんの立場だとしても、信じられたとは思えない。

それでも私は包み隠さず説明した。

騙したりするのは誠実じゃないと思ったし、私が本気で言っていると伝われば、竜太さんなら信じてくれる。そんな気がしたからだ。

「でもさ……それなら、まず陽葵ちゃんは自分の過去を変えたら良かったんじゃないの？」

「ううん……私自身が直接私の過去に渡ることはできないの。誰かの過去にしか。うまく言えないけれど……きっと私は『本を読む人』なの。ページを遡って、物語を書き換えることはできるけれど、私は自分の物語には入れない」

できるのは、外からそれを見ることだけ。誰かの人生は、私の人生じゃない。

「私の人生も変えられるなら、もちろんすぐにだって変えたいけれど、できないから……だからせめて、過去に苦しむ人に、おんなじ思いをさせたくないの」

私の答えに、納得できたのかできないのか、彼はうーんと唸《うな》った。

「……よくわからないし、正直まだ信じられないけれど……じゃあその珈琲店に行けばいいって、そういうこと？」

溜息を一つつくと、納得してはいなそうな表情で、竜太さんが言った。

「行ってくれるの⁉」

「うん……だって行かないと、解放してくれなそうだし、家にまた来るんだろうなって思って」

「それは……うん」

明らかに困った顔で言われて、私は俯きつつも頷いた。

「でもまぁ……陽葵ちゃんが、毎日家に来た理由はわかったよ。本当につっこを生き返らせようとしてるんだって……その気持ちはわかる。僕もできるなら、もう一度月子に会いたい」

だから、一度だけなら付き合ってもいいと彼は言った。

祈るような、願うような、そういう痛みをその声から感じながら私は頷いて、タセットに向かった。

公園から出る直前、最後にこの光景を目に焼き付けようと振り返った私の目の前で、ガラスのピラミッドが輝いていた。

――いつかつっこちゃんと来よう。今までとは違う関係になっていたとしても。

私は心の中でそう強く誓った。


そうして私達はタセットに来た。

時花さんと日暮さんは、竜太さんを見てすぐに彼が誰だか気がついたみたいで、二人の表情がこわばった。

「……連れてきました」

私が低く言うと、心配したようにモカが私と竜太さんの間に鼻面を差し込んで、私達を交互に見上げる。

「この子が……モカ、だっけ？」

尻尾を振るモカの頭を撫でながら竜太さんが言うと、モカは嬉しそうに前足を上げて、『お手』の押し売りをしてきた。竜太さんはそれを笑って受け止めて――そのリラックスした顔に、私はほっとした。

そう思ったのは、私だけじゃなかったみたいだ。

「リラックスして下さっているのは、とても良いことだと思います。今日は僕が『渡し』ます」

「日暮さんが？　時花さんじゃなく？」

時花さんは黙ったままだったので、私は一瞬心配になって店内を見回した——大丈夫、今、お客は私達だけだ。

「どうして？」

改めて問うと、時花さんは目を伏せた。

「私は、時守は橋渡し以上のことをしてはいけないと思っているの。私達はいつだって本人の気持ちに寄り添うだけで、選んだり、変えたりするのは、時を渡った本人であるべきだわ……。だって、その人の人生なんですもの」

「……今回は、私が過去を変えようとしているからダメっていうこと？　でもこれは竜太さんだって——」

「わかっています」

思わず言い合いになりそうになった私と時花さんを制するように、日暮さんが間に入った。

「時守は時間に介入するべきじゃない——でもそれは、時花さんの決めたルールであって、陽葵さんのルールではありません。実際、時守の中にも様々な意見があります。私達が押しつけるのではなく、貴方が決めるべきだと思う。これからゆっくりと」

「………」

日暮さんが言うと、時花さんは溜息とともに目を伏せた。

「でも……それで、大丈夫なの？」

思わず二人を見ながら聞くと、日暮さんがくしゃっと笑った。

「一応、僕も時守ですから……まぁ、時々帰り道を忘れてしまうんですが」

「そ、そうじゃなくて、そんなことをして、時花さんと喧嘩にならないか心配したの」

私が慌てて言い直すと、今度は時花さんが微笑んだ。

「それも大丈夫。確かに私は不本意だけれど——日暮君に『渡し』方を教えたのは私なの。私は彼にルールを選ばせなかったわ——それを時々、彼も私も悩む時がある。だからきっと、彼は貴方に自分と同じ後悔をさせたくないんでしょう——でも」

そこで、時花さんは念を押すように私を見つめた。まっすぐに。珈琲色の瞳で。

「変えた過去の先には、必ずしも願った通りの未来があるわけではありません。時にはもっと悲しい時間が待っていることも珍しくないの。その時、きっと貴方はひどく後悔するでしょう——だから、私は時間に干渉するべきではないと考えているの。どうかそのことは絶対に忘れないで」

もし悲しい未来に変わってしまったとしても、もう一度やり直すことはできない。この力は誰かの人生への責任が伴うのだと。

「それに命の数は決まっているんじゃないかって思う時があるの。神様は時々、残酷な帳尻あわせをしてくる時があるわ——だからこういうことは、最初で最後にしましょう」

私にしっかり言い聞かせるような時花さんの顔は、いつになく真剣だ。それは怒りのようにも、怖がっているようにも見える。

「これは僕自身の希望です。陽葵ちゃんだけじゃないですから」

それまで黙ってモカを撫でていた竜太さんが、間に入るように言った。

「そもそも今日変えるのは、僕の過去と未来なんですよね？」

「はい。この場合は、妹さんの事故に遭う前に戻って、なんらかの形でそれを阻止する必要があります」

「でもそれって、たったの四分くらいなんですよね？　うまくいくかな……つっこはあ見えて頑固だから、事故が起きる前に家に帰らせるのは、結構難しい気がするんです」

思案するように俯き加減で竜太さんが言うのを聞きながら、私は彼が少しずつ、私の力を信じはじめてくれていることに驚いた。

「だったら、待ち合わせ場所を変えるようにしたらどうですか？　会う予定の日を変更するとか」

日暮さんが言ったけれど、日付を変えるのは難しい。ダンスのテストのことがあるから。

「確かに竜太さんの言う通りだと思うの。機会は一度だけだから、私達は絶対につっこちゃんがあの日、地下鉄に向かうことがないようにしなきゃいけない。待ち合わせ場所や時間が近かったり、彼女がやっぱり行かないと……って簡単に変更できるような状況じゃダメだと思う」

結局似たような道を進んでしまったら、別の誰かが傷ついたり、もっともっと悪い方に未来が変わってしまうかもしれない——例えば代わりに竜太さんが事故に遭ってしまうような未来では駄目なのだ。

「だから、もっと前に戻ろうと思うの。あの日……竜太さんが私達に初めて話しかけてくれた日に。あの日のフードコートに」

「……え？」

竜太さんが驚いたように瞬きを一つした。

「じゃあ、まさか……？」

「うん。三人で一緒にダンスの練習はしない——そもそも私は、つっこちゃんとダンスのペアを組まないようにしようと思うの……過去に戻った時、それは可能ですか？」

タセットの二人に問うと、日暮さんが静かに頷いた。

「時守は、過去の自分と同時には存在できないんです。なのでもし陽葵ちゃんがあの日に飛んだとしたら、月子さんは急に陽葵ちゃんが目の前から消えたと思うでしょう。4分33秒が過ぎた後は、過去の陽葵ちゃんに今の陽葵ちゃんの記憶が流れ込みますので、月子さんとダンスのペアを組むことのないように振る舞ってくれるはずです」

「だったら私はそのままいなくなればいい。そして竜太さんは、私達に話しかけないで、その日は家に帰ってしまって。そうして私達が出会わず、私とつっこちゃんがダンスの組を解消すれば——きっと、つっこちゃんは事故に遭わない。その未来は全部なくなるから」

「でも、それじゃあ……」

竜太さんは何か言いかけたけれど私がきつく唇を結んでいるのを見て、納得してくれたみたいだ。

「……じゃあ、だったら、僕はどうしたらいいですか？」

竜太さんは覚悟を決めたように言った。

日暮さんはあの魔法のようなコーヒー豆『4'33" John Cage』を、昔ながらのコーヒーミルに入れた。ハンドルを手で回して、豆をこりこり砕くための小さな機械に。

そうしてそれを、竜太さんに渡す。

「ゆっくりと、ハンドルを回して下さい」

「僕が？」

「ええ。ゆっくりと……いい香りでしょう？」

「うん……珈琲ってこんないい匂いがするんだ」

ハンドルを回すたび、カリカリと小気味よい音と、ぱっと周囲に広がる珈琲の香り。

言われるままハンドルを回す竜太さんは、やがてうっとりと目を細めた。

「ハンドルが一つ回るごとに、時間がゆっくり戻っていきます。貴方の戻りたい時間に、やり直したい後悔の時間に。しっかりその光景を頭に思い描いて下さい」

戻るのは、あのフードコートだ。騒がしい、平日の午後。

「少し、怖いな」

不意に竜太さんが呟いた。

「大丈夫、私が一緒にいるから」

私はそっと、竜太さんの二の腕に触れた。

「……うん」

やがて音が遠く、ゆっくりとうねって、古い時計が動き出す。

今度はもう事故になんて遭わせない——待っていて、つっこちゃん。

8

目が覚めると世界はセピア色で、周囲は子供達の笑う声と、揚げたてのフライドポテトの匂いがした。

「……あ」

竜太さんはびっくりした表情で、あたりを何度も見回している。

窓際の席にはつっこちゃんがいて、彼女ははっとしたように、周囲を見回していた
——多分、私を探しているんだろう。

「つっこだ……本当に戻ったんだ……」

「うん」

驚きに震える声で、竜太さんが言った。私達は二人とも、泣きそうになった。

本当のことを言えば、半分くらいは信じてなかった……と、竜太さんが苦笑いする。

むしろ半分くらいは信じてくれてたんだって、私は驚いたし、嬉しかった。

「でも私達に与えられた時間は、たったの4分33秒だけ。だから竜太さんはこのままここから離れて、家に帰って」

「……本当にそれだけでいいんだね？」

落ち着いたのか、竜太さんは真剣なまなざしで私を見つめる。それはけっして、『それだけ』じゃないのだ。私は胸がぎゅっと締め付けられた。

「それだけで、未来は変わってしまうんですよ」

そんな私に気がついたように、日暮さんが竜太さんに告げる。

「4分33秒が過ぎ、時間が新しい道に入ってしまえば、貴方はこの、今話している記憶を失います。なぜならこの日から先、今までの時間が、未来に存在しなくなるからです」

竜太さんは何とか理解したみたいで、やがて俯いた。

「このまま君がここを立ち去れば、君と陽葵ちゃんは出会わず、陽葵ちゃんは月子さんのもとを離れるでしょう……それで、未来は変わります」

「そして僕も……全部忘れるっていうことなんですね……」

「ええ……正しくは、全てが無かったことになります。今のこの瞬間も、存在しない時間、存在しない会話になるんです」

そうだ……そうして私達が友達になった未来は、綺麗さっぱり消えてしまうんだ。

じわっと私の両目から涙が溢れた。

でも、泣いている時間はない。4分33秒はあっという間に過ぎてしまうから。

「だから私もこのままいなくなるから、竜太さんもすぐにここを離れて」

ぐすっと涙を両手で拭って、私は言った。

「そうしたら私達は出会わない、このまま……知らない人のまま。この世界では私は月子ちゃんとも踊らない。そうすれば月子ちゃんは事故に遭わない」

「陽葵ちゃん……」

「私達は一緒に映画を観て、林檎とサンドウィッチを食べないし、二人で手を繋いでモエレ沼を歩いたりもしない。だから竜太さんは元気な月子ちゃんと、今年も家族揃って花火を観に行って――大丈夫。悲しい思い出は、私が全部遠くに運ぶから」

ほんの少し、たった数週間の思い出。

でも多分一生忘れない、愛おしい時間。

「たったの数週間だったけど、二人が私にたくさん素敵な時間をくれたから。今度は私が二人を幸せにする」

覚悟を決めていたはずなのに、私の目からはとめどなく涙が溢れて、頬はぐしょぬれだ。

竜太さんはそんな私の頬を、両手で包んだ。あったかくて大きな手で。

「そうだね……そうしたら、つっこは助かるんだ」

「うん。きっと……助かる——だからもう行って。お願いだから、つっこちゃんを助けて」

「……わかった」

私達がもう少し大人だったなら、もっと別の形でお別れをして、思い出を残すことができたかもしれない。

でも私はまだ中学生だった。

私達は一瞬だけハグをして、そして離れた。刻限が迫っている。

そうして、竜太さんは下りのエスカレーターへ歩き出そうとして——もう一度足を止めて振り返った。

「『はてしない物語』の主人公バスチアンは、本の中の世界で一つ夢を叶えるごとに、記憶を一つ無くしてしまうんだ。やがて自分が誰だったかも……大切な人のことも。だけど、親友のアトレーユは、最後まで彼を見捨てなかったんだ」

「そうなんだ……私も『はてしない物語』読んでみるね」

「うん。だから……僕の記憶が無くなっても、この時間が消えてしまっても、僕達が友達だってことは、君が忘れないで。君がずっと、覚えていて。僕が君を大好きだったことを」

うん、と声を出すことはもうできなかった。

そうしたら、私は大声を上げて泣いてしまうとわかっていたから。

竜太さんはそんな私に手を振って、エスカレーターを降りていった。

お別れの言葉は、二人とも選ばなかった。

エスカレーターが下の階につく頃には、もうきっと、未来は変わっているのだろう。

「陽葵ちゃん」

思わずその場にしゃがみ込んでしまった私を抱き起こすように、日暮さんが手を貸してくれた。

私はそれにしがみついて、やっぱりそのまま泣いてしまった。

「日暮さん、私、本当は未来に帰りたくない……」

「そうだね。でも……時間は僕らを自由にしてくれないんだ」

私を優しく抱きしめて、泣きそうな声で日暮さんは言った。

日暮さんも時花さんも私の優しい他人――でも、今日はじめてわかった。二人が私に優しい本当の理由を。

きっと二人とも、何度も何度もこうやって、悲しい別れを、二度と取り戻せない4分33秒を繰り返してきたんだ。

この痛みは、悲しみは、きっと同じ時守にしかわからない。

一瞬で失われてしまう、なかったことになる、大切な時間への恋しさは。

だから私達は、この痛みを分かち合うように生きるしかないんだ。独りで堪えるのは、あんまり辛いから。

私もいつか同じように若い時守と出会って、その人に優しくするのだろうか。

時間がうねりはじめる。時計の音が私達を迎えに来る。未来が私達を呼んでいる。

こうして私は最初の親友と、初恋に別れを告げたのだった。

9

日暮さんは方向音痴だと聞いていた。

時花さんの話だと、いつもまっすぐ未来に帰れないんだって。

それがどういうことなのか、私は日暮さんの『渡し』の帰り道に知った。

時花さんと時間を渡る時、私はいつも『時間』は水のようだと思った。もしかしたら血なのかもしれないとも思った。

それは温かくて、時計の音と心臓の音がするから。

だけど日暮さんは少し違った。

その帰り道はまるで映画のフィルムの中だった。

時花さんと渡る時には見たことがない、自分の過去——私はそれを、映画を観るように外側からいくつも眺めた。

それは……悲しいより、苦しいより嬉しい過去だ。

つっこちゃんと私の、友達だった時間がリフレインしている——ああ、あれはつっこちゃんと、二人でカラオケに向かう時だ。

「ひーまちゃん！　はやく！」

待ちきれないように、少し先を歩いたつっこちゃんが、振り返って私に手を伸ばす。

私はそれを取りたくて、手を伸ばしたけれど、その先には何もなかった。

次に目を開けたときは、タセットだった。

「う……」

「お帰りなさい」

伸ばした私の手を、時花さんが体ごと抱き留める。

「大丈夫？　迷わなかった？」

「あ……多分、ちょっと」

心配そうな時花さんに、私は苦笑いで答える。

「うん、ちょっと危なかった」

日暮さんもだ。彼はごめんごめんと謝りながら、誤魔化すように駆け寄ってきたモカをくしゃくしゃに撫でる。

「もう、しっかりしてよ日暮君！」

時花さんは彼を叱っていた――でも、私は嬉しかった。あの日、一緒に笑う私とつっこちゃんを、最後にもう一度見れたから。

ううん……もしかしたら日暮さんは、私のためにわざと回り道をしてくれたのかもしれない。

「そうだ。ニュースを見たわ。事故の被害者に、中学生は含まれていなかった」

温かいキャラメルラテを私に手渡して、時花さんが言った。

「事故は……やっぱり起きちゃうんだ……」

それ自体は変わらないんだ。私は思わず俯いた。つっこちゃんの代わりに、別の誰かが傷ついているかもしれないのだ。

でも……それでも、私はほっとした。

私はつっこちゃんを守れたんだ――その代償として友達を失ってしまったけれど……。

「…………」

急に疲れが襲ってきて、ソファに腰を下ろした。

窓の向こうで、ガラスのピラミッドが夕陽に照らされている。

ついさっきまで、竜太さんと一緒にいたモエレ沼公園の、あの緑と水の匂いがひどく懐かしい。

本当に、ついさっきのことなのに。

「……思い出も、記憶も、想いも……たった4分33秒で、全部消えちゃうんだね」

思わずぽつりと呟く。

「なくならないわ」

時花さんが、私の隣に腰を下ろし、きっぱりと言った。

「時花さん……」

「大切なものはね、私達の中にはちゃんと残るわ。嬉しいも、悲しいも、何もかも全てが。みんなの時間が消えてしまっても、私達の時間は消えないのよ——それは全部、私達の物。幻なんかじゃない、本当の時間よ」

時花さんが私の頰に触れた。

竜太さんの体温を思い出して、私の目から、大粒の涙が溢れる。

そんな私を、時花さんは抱きしめた。

「大丈夫よ。神様だって、私達から思い出までは奪えないんだから」

10

新しい未来で、私はダンスのテストを受けなかった。

激しく動くと手の傷が痛むからと言って、先生にダンスの授業を受けないですむようにお願いしたのだ。

先生はその言い訳をすんなり信じてくれて、踊らない代わりに私には、全チームの感想をレポートにまとめるという、それはそれで大変な課題を出されてしまったけれど、直接踊るよりは随分マシだ。

私が抜けて人数が合わなくなったので、月子ちゃんは特例で、圭子ちゃん達と三人でチームを組んでいた。

きっとそれでいい。

元々月子ちゃんの親友は、圭子ちゃんだったのだ。

竜太さんの振り付けと全く違うダンスを踊るつっこちゃんは、元気そうだったし、とても楽しそうで安心した。

……ううん。その百倍嫉妬した。

本当はつっこちゃんの隣で踊るのは私だったんだから。

学校では、また私一人だけの生活が戻ってきた。

でもその前よりも、気分が楽だ——というか、諦めがついた。納得したとも言うかもしれない。

だってもしまた、同じようなことがあったら辛いから。

そのかわり、月子ちゃんと竜太さんとの思い出を忘れないために、あの本を――『はてしない物語』を買った。

高かったけれど、自分のお金でハードカバーの本を買ったのは初めてだったから、なんだか誇らしい気持ちになった。

読むのはまだ辛いから、本棚の一番大事な場所にしまってある。

私はまた、タセットに通うようになった。

時花さんも日暮さんも、いつだって私を優しく迎え入れてくれる。

時々思う、二人が私のお父さんとお母さんだったら、私の人生は全く違ったんじゃないかって。

でもそんな願いは叶わないし、ここにいられるだけでも十分幸せだ。

優しい静寂と珈琲の香り、モカの毛並みとあたたかさ、時花さんの笑い声と日暮さんのまなざしが、私に居場所を与えてくれるから。

そうしてダンスのテストが終わった次の週の土曜日、朝からタセットに向かった私を、『本日休業』の張り紙が迎えた。

そんなの聞いてなかったので、二人に何かあったのかと不安になりながら引き返そうとすると、慌てて時花さんがお店から出てきた。

「いらっしゃい！　待ってたわ」

「え？　でも今日、お店お休みって……」

「臨時休業――だってほら、こんなに空が青くて、気持ちがよさそうなんですもの」

「へ？」

とにかく入って、と誘われるまま店内に入ると、日暮さんがピクニックバッグを準備しているところだった。

「うちは定休日がない分、こうやって気まぐれに休むんです――時花さんが」

「時花さんが」

「私の店だもの」

文句ある？　と彼女が唇を尖らせる。

「僕の店でもあるんですけどね」

「じゃあ一人で開けてたらいいでしょ！　陽葵ちゃん、私と二人でいこ」

「行くよ！　行きますよ！　全く、人にお弁当だけ作らせておいて……」

日暮さんはブツブツいいながら、保冷ポットを準備して、コーヒー豆と一緒に時花さんに渡した。

「私ねぇ、こうやってお出かけ前に、珈琲淹れるの大好きなの」

にこにこ嬉しそうに、時花さんが珈琲を淹れる。

ぱっとお店が珈琲の香りで満ちる。まだ苦い珈琲を美味しいとは思えないけれど、でも私……この珈琲の匂いが大好き。

そんな私の足下で、そわそわ、バッサバッサとモカが尻尾を振って、ウロウロしはじめた。

「あはは、大丈夫！　モカもつれてくつれてく」

珈琲を淹れながら、時花さんが笑った。

お出かけの空気を察して、すっかりモカは落ち着かなくなっているので、日暮さんは
骨ガムをあげたけれど、モカはドアのところで少しだけそれを噛んで、またすぐウロウ
ロ歩き回る。

「でもお出かけって、どこに行くの？」

「すぐそこ、モエレだけど。今日のお昼はピクニックにしましょ！」

なーんだ、モエレなんだ。それでもピクニックなんて、すっごい嬉しい。

バスケットと敷物なんかを用意して、私達はモエレ沼公園に向かった。

今日は天気がいい。私達の他にも家族連れや恋人同士のような、たくさんの人で溢れ
ている。

ちょうど良い木陰に陣取って、大きめのレジャーシートを広げた。

時花さんはそこに綺麗なキルトを数枚広げ、クッションを三つ並べ、真ん中にキャン
プ用の小さな折りたたみテーブルを二つ置く。

続けて日暮さんが、数種類のベーグルサンドやら、セイコーマートのフライドチキン

やら、フライドポテト、可愛い焼き菓子なんかを、テーブルいっぱいに広げていった。

「すごーい、全部日暮さんが作ったの？」

「こっちはセコマので、こっちのお菓子はシマエナガさんのですけど」

日暮さんが恥ずかしそうに、けれど嬉しそうに頷く。初めはとっつきにくいと思っていたのが嘘のように、今では日暮さんともお話するのが楽しみになっていた。

食べやすく四等分されたベーグルは具だくさんで、断面がとても綺麗で美味しそう。

「嬉しい、私ベーグル大好き」

「美味しいよねえ――あ、パンは私が買ったのよ。っていうか材料は全部私もちよ」

時花さんはそう言って胸を張った。

「突然材料だけ持ち込まれる身にもなって欲しいですけどね」

ボソッと日暮さんが呟く。

「だって朝、目が覚めて窓を開けたら、おしゃべりでお節介な南風が私を誘うんですもの。『時花、今日はピクニックの日よ！』って」

だからね、仕方ないでしょ？　と時花さんが言ったけれど、正直何を言っているのかわからない。日暮さんも時花さんを無視して、私に取り分け用のお皿を手渡してくれた。

さっそくベーグルサンドに――多分エビアボカドのに一口かぶりつく。

むっちりとした小麦の香りのするベーグルと、全部潰してしまわずに、適度に存在感が残ってねっとりしたアボカド、プリッとしてポキッとするボイルエビ。

かすかにワサビが入っていて、ツンとするのも楽しいけれど、それだけじゃなく、時々ポリポリとしたツブツブを感じる。

「んー！　おいしい！　エビアボカドと……これ、何が入ってるの？　ポリポリしたの」

「数の子です。こっちは甘い卵焼きとベーコン。普段卵焼きは甘いの作らないんだけど、このサンドの時は、むしろうんと甘い方が美味しいと思うんだ」

あっという間にひとつ食べ終えて、勧められるまま卵サンドもパクリ。

フワフワでじゅわっとした卵焼きは、確かにしっかり甘い。でもその甘さと、カリカリのベーコンの塩分が、ものすごく合う。

ムチふわカリの食感も楽しいし、シャキシャキレタスも美味しい。

「こっちは私が買ってきた、セコマのフライドチキンとフライドポテトと、あとこれはセコマの焼きそばを挟んだ、セコマの塩バターパンね。私が挟んだ焼きそばパンだから」

負けじと時花さんが、ちいさな焼きそばパンを私達に勧めてきた。

ぱくっと一口かじると、塩バターパンのじゅわっとしたバターの甘みと塩分が口いっぱいに広がった。もちもちした焼きそばの麵と、紅ショウガとザンギの組み合わせは、当然過ぎるほど当然美味しかった。

「本当だ。セコマが作ってくれた焼きそばパン美味しい」

日暮さんももふもふ食べながら言った。

「セコマで買って、私が作った焼きそばパンね」

「九割はセコマさんでしょうよ」

「一割は私でしょ。むしろアイデアで勝負よ」

二人の軽妙なやりとりを聞きながら、私が声を上げて笑うと、時花さんは嬉しそうににっこりしてくれた。

「陽葵ちゃん、つめたいカフェオレで大丈夫？　キャラメルは入ってないんだけど」

「うん、大丈夫。最近慣れてきたから」

「日暮君はあったかいの？」

「はい」

冷たい飲み物は、体を冷やすから……と彼は言った。この夏の陽気に、あったかい珈琲ってのぼせちゃわないのかな。

美味しいサンドウィッチと珈琲と、そして小鳥遊さん親子の作ったクッキーとフィナンシェ、焼きメレンゲを食べる……モエレ沼公園で。

なんて素敵で美味しいんだろう。こんな楽しいこと知らなかった。

「はー、満ちた満ちた」

やがて「もうおなかいっぱい」と、時花さんが寝そべる。

土のにおいと青いにおいがする芝生の上、子供達の声を運んでくる風は水の味がする。

そっと横を見ると、寝転んだ時花さんが、眠そうにあくびをした。

何故だかその全てに命を感じた。私は生きてるんだって思った。

穏やかに過ぎて行く休日の時間が優しい——急に涙がこみ上げてくる。

日暮さんと後片付けをしながら、私は思わず「不思議」と呟いた。

「何が不思議？」

声に出したつもりはなかったので、そう日暮さんに聞き返されて驚きつつ答える。

「だってほんの少し前は、毎日がすごく辛かったのに。今はそんなの、全部綺麗さっぱりなくなっちゃった気がするから」

もちろん思い出せば、胸で疼いて、血が流れるような痛みはあるけれど。

それでも、こんな未来が待ってるなんて想像していなかった——あの日の朝、あんなにも嫌だと思った青空の下に。

「私ね、札幌では、もっと嫌なことばっかりが待ってると思ってたの——でも、そうじゃなかった」

それを変えてくれた杉浦さんは今はもう、私を知らない人だけど。

「新しい未来が必ずしも望み通りじゃなくて、もっと辛い時間が待っていることもあるけれど……逆にすごく素敵な時間が待ってることだってあるのよ。それにね、時には神様にすら切れない糸が、人と人を繋いでいる場合もあるわ」

寝そべったまま、青空を見上げて、時花さんが言った。

そんな時花さんの隙だらけの顔をモカはべろべろ舐めて、彼女はぎゃああと声を上げた。

「んもー、モカったらしつこいんだから！　子供達は遊んでらっしゃいよ！」

「そうだね、モカおいで。フリスビーしよう」

日暮さんが笑いながら立ち上がると、モカは大喜びで飛び跳ねる。

「陽葵ちゃんもおいで。フリスビー投げたことある？」

「ううん、ない。難しい？」

「大丈夫。多少下手でも、モカがキャッチするの上手いから」

「そう言われたら、モカでもとれないぐらい下手だって――」

二人と一匹で、そんな話をしながら広いエリアに歩きかけて、私は思わず足を止めた。


「岬さん⁉」

驚いた私の視線の先に、私以上にびっくりした表情の月子ちゃんが立っている。

「あ……」

「どうしたの⁉　すごい偶然！　一人なの？　あ、お父さんと一緒？　私、今日は年の離れたいとこ達が遊びに来たから、だったら今日はみんなで公園で水遊びしようってことになって――岬さんはわんちゃんの散歩？」

怒濤のように月子ちゃんが話しかけてきて、私は戸惑った。

そしてはっとした――『お節介な南風』。

もしかして……時花さんはこのことを知っていて？

「……多分偶然だけど、でも彼女はそういう人なんです。あの人は魔女だから」

「魔女？」

たしか杉浦さんもそんなことを言っていた。思わず日暮さんを見上げると、彼は私の背を押すように、とん、と月子ちゃんの前に突き出した。

「あ……」

「ごめんね……やっぱり私、話しかけない方が良かった？」

そんな私を見て、月子ちゃんが不安そうに言う。

私が返事をできないでいると、日暮さんは唐突に、自分のお財布から千円札を取り出した。

「いいえ大丈夫。少し人見知りしてるだけです――そうだ今日は暑いから、二人でソフトクリームでも食べておいで」

「え？」

日暮さんが私に強引にお札を握らせる。

「やり直す方法は、過去に戻る以外にもあるんですよ――それに今日はまだ、夕暮れまで時間がある」

「でも……」

「怖がらなくていいよ。未来の先に何があるかなんて、誰にもわからないんだから」

彼はそう私の耳元で囁くと、月子ちゃんに向き合った。

「この子はあまりここに来たことがなくて……一緒に買いに行ってやってくれるかな？」

「あ……はい。じゃあ、ガラスのピラミッドのところに行く？　あそこのソフト、すごく美味しいから」

そう誘われて、私の目から涙が一筋伝った。

「うん……私、本当はずっと一緒に行きたかった」

「私と？」

つっこちゃんがびっくりしたように、でも嬉しそうに目をぱっちり見開いた。

その表情は、やっぱり竜太さんに似ている。

つっこちゃんと竜太さん、どっちが好き？　って聞かれたら悩む。

でも私は他の誰でもなく、つっこちゃんとあそこに行きたかった。ガラスのピラミッドの内側、夕陽が落ちる場所に。

「……でも、ソフトクリームは落とさないでね」

「ええ？　なんで知ってるの！」

青空の下で、ぱっとはじけるようにつっこちゃんが笑った。

一人でもいいと思っていたけれど、やっぱり学校に友達が待っている生活は楽しくて、嬉しい。

だけど前みたいにべったりじゃなくて、私は今までの百倍くらい我慢して、つっこちゃん――じゃなくて、『風見さん』と付き合うようになった。

寂しいけれど仕方がない。だってまた、あんな怖いことが起きたら困る。

未来は誰にもわからない。

怯えていても仕方ないんだって、頭ではわかったつもりでも、心が不安で押しつぶされそうになる。

だから今は、『友達』より少し遠い距離。

放課後、彼女が私に話しかけたがっているのを感じると先手を打って、「それじゃあ、風見さん。また明日」とよそよそしく挨拶し、教室を出た。

私達はもう、一緒にカラオケには行かないから。

寂しいけれど――仕方がない。仕方がないことだから。

「おい、岬」

昇降口へ向かおうとした私を、誰かが廊下で呼び止めた。

「………」

誰だろう？　男子の声だ。不思議に思いながら振り向くと、そこには千歳君が不機嫌そうな――いつも不機嫌そうだけど――今日はさらに怒っているような顔で立っていた。

「な……なあに？」

「お前、時間を変えただろ」

「……え？」

「風見だよ。あいつ、事故で死んだはずなのに、突然元気に戻ってきて、お前は急によそよそしくなってるし。お前が変えたんだな？　岬、お前あの珈琲屋の娘なんだろ？」

だってよく珈琲の匂いがする――と、千歳君は鼻を鳴らした。

「あ……あの……」

「ああ、別にそれが悪いってことじゃないんだよ。でも過去を変えると今が変わる。お前、あの事故で風見の代わりに、赤ん坊が死んだの知ってるか？　母親は逃げようとしたけどかわしきれなくて、ベビーカーごとぺしゃんこになったんだ」

「え……？」

ぞっとするようなことを、千歳君が言った。

事故で亡くなったのは二人というのは聞いていたけれど、私は怖くてそのニュースを一切見ないようにしていた。

何歳だって、死んでしまうのは悲しい。

だけど、お母さんの目の前で、赤ちゃんが死んでしまうなんてこと、そんな悲劇が他にあるだろうか？

「わ……私、そんなつもりじゃ……」

声が、体が震えた。罪悪感に。

私はただ、つっこちゃんを助けたかっただけだ。そのせいで未来が変わってしまうのはわかっていたけれど、そんなひどいことになってしまうなんて……。その時、時花さんの言葉が頭をよぎった。


――神様は時々残酷な帳尻合わせをしてくる時があるわ。


「わかってるよ。未来がどう変わるかは、誰にもわかんないんだ。それに過去を変えるのは間違いじゃない。俺は、変わった方があるべき姿の未来なんだと思ってる。だけど……そのせいでもっと辛い人が生まれるのを、そのままにしておくのは罪だ。それは正しいことなんかじゃない」

時花さんは、過去を変えるのはその人の意思であるべきで、時守が過剰に関わるのは良くないって言っていた。現に私が月子ちゃんを生き返らせたことで、見知らぬ赤ちゃんが犠牲になってしまった。

「でも……」

「でもじゃない。岬、お前が——俺達が変えた未来なんだから、俺達が責任をとらなきゃダメだ」

私の躊躇《ちゅうちょ》を、千歳君はきっぱり否定した。

「私達が？」

「そうだ。時間の改変に気がついた俺が、知らんぷりしたら同罪だろ」

「じゃあ……千歳君も時守なんだ……」

彼も私とおんなじ、時間の改変に作用されない特異点なんだ。

驚く私に、千歳君は真剣な表情で頷いた。

「だから行こう。赤ん坊を救いに。あの事故のあった4分33秒に」


（続く）

本書は文春文庫のための書き下ろしです。
DTP制作　エヴリ・シンク

文春文庫

魔女《まじょ》のいる珈琲店《コーヒーてん》と
4分《ぷん》33秒《びょう》のタイムトラベル

定価はカバーに表示してあります

2023年4月10日　第1刷

著　者　太《おお》田《た》紫《し》織《おり》
発行者　大沼貴之
発行所　株式会社　文藝春秋

東京都千代田区紀尾井町3-23　〒102-8008
TEL 03・3265・1211㈹
文藝春秋ホームページ　http://www.bunshun.co.jp

落丁、乱丁本は、お手数ですが小社製作部宛お送り下さい。送料小社負担でお取替致します。

印刷・萩原印刷　製本・加藤製本
Printed in Japan
ISBN978-4-16-792026-5

（　）内は解説者。品切の節はご容赦下さい。

大山誠一郎
密室蒐集家
消え失せた射殺犯、密室から落ちてきた死体、警察監視下で起きた二重殺人。密室の謎を解く名探偵・密室蒐集家。これぞ究極の密室ミステリ。本格ミステリ大賞受賞作。（千街晶之）
お-68-1

大山誠一郎
赤い博物館
警視庁付属犯罪資料館の美人館長・緋色冴子が部下の寺田聡と共に、過去の事件の遺留品や資料を元に難事件に挑む。超ハイレベルで予測不能なトリック駆使のミステリー！（飯城勇三）
お-68-2

太田紫織
銀河の森、オーロラの合唱
地球へとやってきた、慈愛あふれる宇宙人モーンガータ（見た目はほぼ地球人）。オーロラが名物の北海道陸別町で宇宙人と暮らす日本の子どもたちが出会うちょっとだけ不思議な日常の謎。
お-69-2

大島真寿美
渦　妹背山婦女庭訓　魂結び
浄瑠璃作者・近松半二の生涯に、虚と実が混ざりあい物語が生まれる様を、圧倒的熱量と義太夫の如き心地よい大阪弁で描く。史上初の直木賞&高校生直木賞W受賞作！（豊竹呂太夫）
お-73-2

尾崎世界観
祐介・字慰
クリープハイプ尾崎世界観、慟哭の初小説！　売れないバンドマンが恋をしたのはピンサロ嬢――。「尾崎祐介」が「尾崎世界観」になるまで。書下ろし短篇「字慰」を収録。（村田沙耶香）
お-76-1

垣根涼介
午前三時のルースター
旅行代理店勤務の長瀬は、得意先の社長に孫のベトナム行きの付き添いを依頼される。少年の本当の目的は失踪した父親を探すことだった。サントリーミステリー大賞受賞作。（川端裕人）
か-30-1

垣根涼介
ヒート　アイランド
渋谷のストリートギャング雅《みやび》の頭《ヘッド》、アキとカオルは仲間が持ち帰った大金に驚愕する。少年たちと裏金強奪のプロフェッショナルたちの息詰まる攻防を描いた傑作ミステリー。
か-30-2

角田光代
ツリーハウス
じいさんが死んだ夏、孫の良嗣は自らのルーツを探るべく、祖父母が出会った満州へ旅に出る。昭和と平成の世相を背景に描く、一家三代のクロニクル。伊藤整文学賞受賞作。（野崎　歓）
か-32-9

角田光代
太陽と毒ぐも
大好きなのに、どうしても許せないことがある。不完全な恋人たちの、ちょっと毒のある11のラブストーリー。「角田光代の隠れた傑作」といわれる恋愛短篇集が新装版で登場。（芦沢　央）
か-32-17

加納朋子
モノレールねこ
デブねこを介して始まった「タカキ」との文通。しかし、そのネコが車に轢かれ、交流は途絶えるが……表題作「モノレールねこ」ほか、普段は気づかない大切な人との絆を描く八篇。（吉田伸子）
か-33-3

加納朋子
少年少女飛行倶楽部
中学一年生の海月が入部した「飛行クラブ」。二年生の変人部長・神《じん》ことカミサマをはじめとするワケあり部員たちは果たして空に舞い上がれるのか？　空とぶ傑作青春小説！（金原瑞人）
か-33-4

門井慶喜
キッドナッパーズ
その犯罪者は、なぜか声が甲高く背は低く……オール讀物推理小説新人賞受賞の誘拐ミステリー「キッドナッパーズ」ほか、楽しく機知に富んだ単行本未収録ミステリー集。（宇田川拓也）
か-48-6

海堂　尊
ひかりの剣
覇者は外科の世界で大成するといわれる医学部剣道部の「医鷲旗」大会。そこで、東城大・速水と、帝華大・清川による伝説の闘いがあった。「チーム・バチスタ」シリーズの原点！（國松孝次）
か-50-1

海堂　尊
ゲバラ覚醒
ポーラースター1
アルゼンチンの医学生エルネストは親友ピョートルと南米縦断のバイク旅行へ。様々な経験をしながら成長していく将来の革命家の原点を描いた著者渾身のシリーズ、青春編が開幕！
か-50-2

（　）内は解説者。品切の節はご容赦下さい。

川村元気
億男
宝くじが当選し、突如大金を手にした一男だが、三億円と共に親友の九十九が失踪。「お金と幸せの答え」を求めて、一男の旅がはじまる！　本屋大賞ノミネート、映画化作品。　（高橋一生）
か-75-1

川村元気
百花
「あなたは誰？」。息子を忘れていく母と、母との思い出を蘇らせていく息子。ふたりには、忘れることのできない〝事件〟があった。記憶という謎《ミステリー》に挑む傑作。　（中島京子）
か-75-5

川越宗一
天地に燦たり
なぜ人は争い続けるのか——。日本、朝鮮、琉球。東アジア三か国を舞台に、侵略する者、される者それぞれの矜持を見事に描き切った歴史小説。第25回松本清張賞受賞作。　（川田未穂）
か-80-1

神永　学
ガラスの城壁
父がネット犯罪に巻き込まれて逮捕された。悠馬は真犯人を捕まえるため、唯一の理解者である友人の暁斗と調べ始めることに——。果たして真相にたどり着けるのか!?　（細谷正充）
か-81-1

香月夕花
やわらかな足で人魚は
人魚姫が王子を刺せなかったなんて、やっぱりウソだ。人知れず悲しみを抱えている五人の主人公たち。『昨日壊れはじめた世界で』が話題のオール讀物新人賞作家の短篇集。　（川本三郎）
か-82-1

北方謙三
杖下《じょうか》に死す
剣豪・光武利之が、私塾を主宰する大塩平八郎の息子、格之助と出会ったとき、物語は動き始める。幕末前夜の商都・大坂を舞台に至高の剣と男の友情を描ききった歴史小説。　（末國善己）
き-7-10

北村　薫
中野のお父さん
若き体育会系文芸編集者の娘と、定年間近の高校国語教師の父。娘が相談してくる出版界で起きた「日常の謎」を、父は抜群の知的推理で解き明かす！　新名探偵コンビ誕生。　（佐藤夕子）
き-17-10

北村　薫
水に眠る
同僚への秘めた思い、途切れた父娘の愛、義兄妹の許されぬ感情……。人の数だけ、愛はある。短編ミステリーの名手が挑む十篇の愛の物語。有栖川有栖ら十一人による豪華解説を収録。

き-17-11

桐野夏生
グロテスク（上下）
あたしは仕事ができるだけじゃない。光り輝く夜のあたしを見てくれ――。名門女子高から一流企業に就職し、娼婦になった女の魂の彷徨。泉鏡花文学賞受賞の傑作長篇。（斎藤美奈子）
き-19-9

桐野夏生
ポリティコン（上下）
東北の寒村に芸術家たちが創った理想郷「唯腕村《いわんむら》」。村の後継者となった高浪東一は、流れ者の少女マヤを愛し、憎み、運命を交錯させる。国家崩壊の予兆を描いた渾身の長篇。（原　武史）
き-19-16

貴志祐介
悪の教典（上下）
人気教師の蓮実聖司は裏で巧妙な細工と犯罪を重ねていたが、綻びから狂気の殺戮へ。クラスを襲う戦慄の一夜。ミステリー界の話題を攫った超弩級エンターテインメント。（三池崇史）
き-35-1

京極夏彦
定本　百鬼夜行―陽
『陰摩羅鬼の瑕』ほか、京極堂シリーズの名作を彩った男たち、女たち。彼らの過去と因縁を「妖しのもの」として物語る悲しく恐ろしいスピンオフ・ストーリーズ第二弾。初の文庫化。

き-39-1

北川悦吏子
半分、青い。（上下）
高度成長期の終わり、同日同病院で生まれた幼なじみの鈴愛と律。夢を抱きバブル真っただ中の東京に出た二人を待ち受けるのは……。心は、空を飛ぶ。時間も距離も越えた真実の物語。

き-42-2

北川悦吏子
ウチの娘は、彼氏が出来ない!!
天然シングルマザーの母としっかり者のオタク娘に、突如吹きつけた恋の春一番。娘にとっては人生初の、母にとっては久々の、恋！　トモダチ母娘のエキサイティングラブストーリー。

き-42-4

（　）内は解説者。品切の節はご容赦下さい。

木下昌輝
宇喜多の楽土
父・直家の跡を継ぎ、豊臣政権の中枢となった宇喜多秀家。関ヶ原で壊滅し、八丈島で長い生涯を閉じるまでを描き切った傑作長編。秀吉の寵愛を受けた秀才の姿とは……。（大西泰正）
き-44-3

木下昌輝
炯眼に候
天候を予測するには？　鉄砲をどう運用するのか？　毛利水軍に勝てる船とは……。信長の戦の裏には恐ろしいまでの合理的思考があった。信長像を大きく飛躍させる傑作小説。（天野純希）
き-44-4

樹林　伸
東京ワイン会ピープル
同僚に誘われ初めてワイン会に参加した桜木紫野。そこで織田一志というベンチャーの若手旗手と出会う。ワインと謎多き彼の魅力に惹かれる紫野だったが、織田にある問題がおきて……。
き-47-1

黒川博行
国境（上下）
「疫病神コンビ」こと二宮と桑原は、詐欺師を追って北朝鮮に潜入する。だがそこで待っていたものは……。ふたりは本当の黒幕に辿り着けるのか？　圧倒的スケールの傑作！　（藤原伊織）
く-9-10

黒川博行
泥濘《ぬかるみ》
歯科医院による診療報酬不正受給事件で、大阪府警OBらが逮捕された。極道の桑原はシノギになると睨み、建設コンサルタントの二宮を連れ「白姚会」組事務所を訪ねる。（小橋めぐみ）
く-9-14

熊谷達也
邂逅《かいこう》**の森**
秋田の貧しい小作農・富治は、先祖代々受け継がれてきたマタギとなり、山と狩猟への魅力にとりつかれていく。直木賞、山本周五郎賞を史上初めてダブル受賞した感動巨篇！　（田辺聖子）
く-29-1

窪　美澄
さよなら、ニルヴァーナ
少年犯罪の加害者、被害者の母、加害者を崇拝する少女、その運命の環の外に立つ女性作家……各々の人生が交錯した時、何を思い、何を見つけたのか。著者渾身の長編小説！　（佐藤　優）
く-39-1

倉知　淳
片桐大三郎とXYZの悲劇
元銀幕の大スター・片桐大三郎の趣味は、犯罪捜査に首を突っ込む事。その卓越した推理力で、付き人の乃枝と共に事件に迫る。絶妙なコンビが活躍するコミカルで抱腹絶倒のミステリー。
く-40-1

小松左京
アメリカの壁
アメリカと外界とが突然、遮断された。いったい何故？　四十年前にトランプ大統領の登場を予言した、と話題沸騰の表題作を含む、SF界の巨匠の面目躍如たる傑作短編集。（小松実盛）
こ-5-13

小松左京　原作・吉高寿男　ノベライズ
日本沈没2020
二〇二〇年、東京オリンピック直後の日本で大地震が発生。普通の家族を通じて描かれた新たな日本沈没とは。究極の選択を突きつけられた人々の再生の物語。アニメを完全ノベライズ。
こ-5-14

幸田真音
ナナフシ
リーマン・ショックで全てを失った男と将来有望な若きバイオリニストが出会う。病を抱えた彼女を救うべく、男は再び金融市場へ。経済小説の旗手が描く「生への物語」。（倉都康行）
こ-25-6

小池真理子
死の島
末期のがんと判明したひとりの男が「自分らしい幕引き」を求め、周到な準備を進める。ひとり冬の信州に向かった男が選び取った尊厳死とは——圧倒的長編。（白石一文）
こ-29-10

今野　敏
アクティブメジャーズ
「ゼロ」の研修を受けた倉島に先輩公安マンの動向を探るオペレーションが課される。同じころ、新聞社の大物が転落死した。二つの事案は思いがけず繋がりを見せ始める。シリーズ第四弾。
こ-32-4

今野　敏
防諜捜査
ロシア人ホステスの轢死事件が発生。事件はロシア人の殺し屋による暗殺だという日本人の証言者が現れた。ゼロの研修から戻った倉島は、独自の〝作業〟として暗殺者の行方を追う！
こ-32-5

（　）内は解説者。品切の節はご容赦下さい。

佐藤愛子
血脈（全三冊）
物語は大正四年、人気作家・佐藤紅緑が、新進女優を狂おしく愛したことに始まった。大正から昭和へ、ハチロー、愛子へと続く佐藤家の凄絶な生の姿。圧倒的迫力と感動の大河長篇。
さ-18-29

笹本稜平
還るべき場所
世界2位の高峰K2で恋人を亡くした山岳家は、この山にツアーガイドとして還ってきた。立ちはだかる雪山の脅威と登山家たちのエゴ。故・児玉清絶賛の傑作山岳小説。（宇田川拓也）
さ-41-3

笹本稜平
大岩壁
ヒマラヤで〝魔の山〟と畏怖されるナンガ・パルバット。立原は冬季登頂に失敗、友の倉本を失う。5年後、兄の雪辱に燃える倉本の弟と再び世界最大の壁に挑むが……。（市毛良枝）
さ-41-6

佐々木　譲
代官山コールドケース
神奈川県警より先に17年前の代官山で起きた女性殺しを解決せよ。密命を受け、特命捜査対策室の刑事・水戸部は女性刑事とコンビを組んで町の奥底へ。シリーズ第二弾。（杉江松恋）
さ-43-7

坂木　司
ワーキング・ホリデー
突然現れた小学生の息子と夏休みの間、同居することになった元ヤンでホストの大和。宅配便配達員に転身するも、謎とトラブルの連続で!?　ぎこちない父子の交流を爽やかに描く。
さ-49-1

坂木　司
ウィンター・ホリデー
冬休みに再び期間限定の大和と進の親子生活が始まるが、クリスマス、正月、バレンタインとイベント続きのこの季節はトラブルも続出……。大人気「ホリデー」シリーズ第二弾。（吉田伸子）
さ-49-2

桜庭一樹
私の男
落魄した貴族のようにどこか優雅な淳悟は、孤児となった花を引き取る。内なる空虚を抱えて、愛に飢えた親子が超えた禁忌を圧倒的な筆力で描く第138回直木賞受賞作。（北上次郎）
さ-50-1

桜庭一樹
荒《こう》野《や》
恋愛小説家の父と鎌倉で暮らす少女・荒野。父の再婚、同級生からの告白、新たな家族の誕生……。十二〜十六歳、少女の四年間を瑞々しく描いた成長物語が合本で一冊に。（吉田伸子）
さ-50-8

桜庭一樹
傷痕
人気ポップスターの急死で遺された十一歳の愛娘〝傷痕〟。だがその出生は謎で、遺族を巻き込みつつメディアや世間の注目の的に。彼女は父の死をどう乗り越えるのか。（尾崎世界観）
さ-50-10

桜木紫乃
ブルース
貧しさから這い上がり夜の支配者となった男。彼は外道を生きる孤独な男か？　女たちの夢の男か？　謎の男をめぐる八人の女の物語。著者の新境地にして釧路ノワールの傑作。（壇　蜜）
さ-56-3

坂井希久子
17歳のうた
舞妓、アイドル、マイルドヤンキー。地方都市で背伸びしながらも強がって生きる17歳の少女たち。大人でも子どもでもない少女の心情を鮮やかに切り取った5つの物語。（枝　優花）
さ-59-2

坂上　泉
へぼ侍
明治維新で没落した家を再興すべく西南戦争へ参加した錬一郎。しかし、彼を待っていたのは、一癖も二癖もある厄介者ばかりの部隊だった——。松本清張賞受賞作。（末國善己）
さ-75-1

佐々木　愛
プルースト効果の実験と結果
東京まで新幹線で半日かかる地方都市に住む女子高生の不思議な恋愛を描いた表題作、オール讀物新人賞受賞作「ひどい句点」等こじれ系女子の青春を描いた短篇集。（間室道子）
さ-76-1

篠田節子
冬の光
四国遍路の帰路、冬の海に消えた父。家庭人として企業人として恵まれた人生ではなかったのか……足跡を辿る次女が見た最期の景色と人生の深遠が胸に迫る長編傑作。（八重樫克彦）
し-32-12